アンドロメダ病原体
―変異―
〔下〕

THE ANDROMEDA EVOLUTION
by
Daniel H. Wilson

Translated by
Akinobu Sakai
First published 2020 in Japan by
Hayakawa Publishing, Inc.
This book is published in Japan by
arrangement with
CrichtonSun LLC
c/o William Morris Endeavor Entertainment, LLC
through The English Agency (Japan) Ltd.

Designed by Lucy Albanese
Illustrations on pages 137, 153, and 171 by Alexis Seabrook
Photograph details on page 125 © Shutterstock

目次

第4日　開口部

〔上巻目次〕

第3日　特異体

登場人物

ジェイムズ・ストーン……ロボット工学者
ニディ・ヴェーダラ…………材料科学・ナノテクノロジーの専門家
ハラルド・オディアンボ……地球外地質学者。野外科学者
ポン・ウー………………………人民解放軍少佐。元宇宙飛行士。野外科学者
ソフィー・クライン…………国際宇宙ステーションの女性宇宙飛行士。ナノロボット工学、ナノ生物学の専門家
エドゥアルド・ブリンク……合衆国陸軍特殊部隊軍曹
ランド・L・スターン………合衆国空軍大将。合衆国北方軍（NORTHCOM）および北米航空宇宙防衛司令部（NORAD）司令官
ステイシー・ホッパー………フェアチャイルド空軍基地〈永遠の不寝番〉担当大佐
ジン・ハマナカ………………国際宇宙ステーションの女性宇宙飛行士
ユーリー・コマロフ…………同、男性宇宙飛行士
トゥパン…………………………マシャード族の少年

第４日
開口部

大統領職、将軍職、その他、重大な意思決定を行なう要職にある人物は、往々にしてその決断を下す心の準備ができていない。

——マイクル・クライトン

24　焦土作戦

いろいろな意味において、新たな夜明けが訪れた。国際宇宙ステーション《ISS》の中、朝のルーティーンとして、ソフィー・クライン博士は第三結合部モジュール〈トランクウィリティー〉に組みこまれた〈キューポラ〉内部に浮かび、地球を見おろしていた。地球――彼女の世界。赤道周回軌道に移されたＩＳＳは、いまでは地球の夜側上空にある。眼下をおおう広大な暗黒を見わたしても、はるか地平線の彼方まで、そこここにわずかな明かりのまたたきが見えるだけだ。

昨夕、クラインはついに、恐るべきコードの名を口にした。

それは最後の最後にとるべき非常手段であり、その意味をクラインは重々承知していた。ブリンクをどうにか地上ミッションに参加させることができたのは、根まわしと運のおかげだった。万《ばん》やむをえない場合、高価な薬物の使用に踏みきることは、ブリンク自身も受けいれていた。そして、その万やむをえない事態はついに起きてしまった。もはやフィールド・チームの状況に関してできることはなにもない。非常手段が成功したかどうかは、ブリンクからメッセージがあればわかるが、そもそもメッセージはこないだろう。

どちらにしても、もはやどうでもよいことだった。

クラインは〈キューポラ〉内部に集中する地上観測機器に注意を向けた。展望窓の外では、太平洋の陽光に照らされて青緑色に輝くわずかな弧が、西へ消えていきつつある。ISSに搭載された、広範囲を対象とする全天候型気象レーダー・システムのデータは、付近のモニターの一台を赤と青で染め分けていた。そこに表示されている地図に光るのは、いくつかの明滅する輝点だ。ゆっくりと動くそれらの輝点はすべて、高度一万二〇〇〇メートルを飛ぶ民間旅客機を表わしている。

しかし、それよりももっと重要な表示があった。新たに出現した四つの輝点である。どれも速い。

クラインは笑みを浮かべた。

四機の最新鋭戦闘攻撃機は、アマゾンの密林上空を低空飛行し、特異体めがけてまっしぐらに進んでいく。クラインの現在地からでは、西の地平線ぎりぎりのあたりに見える。

スターンの空襲は予定どおりに進行中だ。クラインは安堵した。

フィールド・チームは優秀すぎる。放置しておけばいい謎を、あまりにも深く追求しすぎた。クラインも警告はした。それでもチームは行軍をやめなかった。それはおおむね、ニディ・ヴェーダラ博士の頑固きわまりない性格に起因する。ブリンクからは何度もだいじょうぶだと確約されたが、やはり先住民の雇い兵たちを全面的に信用するわけにはいかない。

ソフィー・クラインは当初から、予備プランとして司令部に空爆を推奨していた。おそらく、ワイルドファイア・フィールド・チームは、油脂焼夷弾《ナパーム》の嵐によって焼きはらわれる。そしてたぶん、なんらかの形で抑制剤が散布され、一帯はびしょぬれになる。

クラインは別のモニターをつけた。そこに映ったのは、赤外カメラがとらえた、ぼやけがちの映像だった。夜空に四条の掻き傷を引いて、排気熱のラインが延びていく。このペースでいけば、恐るべき搭載兵器が投下されるのは、夜明け――クラインの朝のシフトがはじまる直後になるだろう。

（皮肉な話もあったものね）と、ゆっくりと自転する地球を見おろしながら、クラインは思った。

（あと数時間で、ヴェーダラ博士は黒焦げになるばかりか、何トンもの抑制剤を浴びせられる。人々の命を救うために自分が開発した抑制剤を）

25　暁の空襲

大アマゾンの密林西部――ペルーのウカヤリ県上空三〇〇メートルの、蒸し暑い空気の中で、払暁《ふつぎょう》の陽光を浴びて機体を東雲色《しののめいろ》に燃えたたせる、四機のジェット機があった。F／A‐18Eスーパー・ホーネット戦闘攻撃機隊である。轟音《ごうおん》を発しながら、ほぼ音速で飛ぶ四機は、一路、東をめざして進んでいく。まもなく、行く手に暁光がきざし、地平線から燦然《さんぜん》と顔を出した朱金色《しゅきん》の〝目〟のもとに、緑の広漠たる密林があらわになりだした。大樹海からは淡い朝靄《あさもや》が立ち昇っている。夜露が蒸発しているのだ。その水蒸気が、各機の銀色の機体に触れてふたたび結露して、機体表面に水分の縞を生じさせている。

眼下の密林が織りなす巨大迷宮は、たび重なる人類文明の寄せ波を持ちこたえてきた。ここは何世紀にもわたって、無数の探険家が謎めいた人工遺物《アーティファクト》を求め、結局、見つけられずにいる場所にほかならない。

しかしいま、ついにひとつが出現した。人工遺物ならぬ特異な構造物《アーティファクト》である。

特異体のまわりに朝靄は見えない。そのかわり、不気味な煙が立ちこめている。樹々の枝々がくすぶっているのだ。衛星からの映像によれば、構造物は一連の〝有糸分裂〟的な成長を経て、かすかに湾曲した長大な壁の形で安定していた。その高さは中央部で約九〇メートルに達する。特異体の北側には、川が塞《せ》きとめられてできた、よどんだ茶色の湖が広がっていた。その湖面からそそりたつのは、一本の細長い柱状のものだ。一二〇〇メートル以上の高さにも柱がそびえる光景は、なんともシュールきわまりない。特異体の南側には、構造物の下から小川が流れだし、きらめく細い条《すじ》となって、かつては幅が広かった川の中央を流れている。

現地から九六〇〇キロ離れた、ピーターソン空軍基地のコントロールルームでは、スターン空軍大将が展望室に立っていた。この展望室は、ときおり行なわれる公開打ち上げパフォーマンス用に用意されたもので、打ち上げの成功により、得意げな政府高官や政治家たちをマスコミに撮影させるための場所である。部屋の後方には、打ち上げが惨憺《さんたん》たる失敗に終わったときに――じっさい、これはよくあることだ――写真に撮られることなく、高官たちがこっそり出ていくための、目だたない両開きドアも用意されている。

いまは午前三時過ぎ。だが、コントロールルームにはありとあらゆる専門家がひしめいていた。この全員が、作戦成功の確率を最大限に高めるために動員されてきている。なにしろ、人類の命運は、この成功いかんにかかっているのだから。

成功をいっそう確実にするために、スターンはＣＩＡからとてつもなく高価な群型偵察衛星、ＮＩＸ‐３シリーズの独占使用権を獲得していた。現時点で偵察衛星群の各センサーは、特異体が危険なレベルで成長したことをとらえている。だが、ワイルドファイア・フィールド・チームの消息をつかんではいない。どうやら科学者たちは行方不明になってしまったらしい。足どりが絶えた場所は、チームが最後にＩＳＳと連絡をとった地点と、特異体外周部のあいだのどこかだ。行方不明というよりも……現地到着予定時刻を過ぎてすでに十八時間が経過しているからには……もはや死亡したと見なしたほうがいい。

漆黒の特異体を目視し、その外縁にそって線状にナパーム弾を投下するのが今回の作戦である。こうすることで、特異体周辺の〝患部〟は焼灼《しょうしゃく》され、特異体は樹々が息づく密林から隔離される。ナパーム弾投下後には、極秘の反応抑制剤も投下することになっている。これで構造物が縮小に転じればしめたものだし、これ以上の成長が食いとめられるだけでも御《おん》の字《じ》だ。

この計画は、さまざまな意味で博打《ばくち》的な要素が大きいものだった。

第一に、今回の侵入は隔離破りであり、スーパー・ホーネットおよびそのパイロットたちが、感染力の強いアンドロメダ因子《AS》に暴露する恐れがある。第二に、外国の領土に空襲をかけることは戦争行為そのものであり——それはブラジル軍当局の反撃を誘発しかねず、全面的な国際紛争にまで発展しかねない。

第一次アンドロメダ事件では、あわや合衆国国内で核が使用される寸前までいった。もしそうなっていれば、世界的な非難を浴びていたことはまちがいない。しかし、スターン将軍には痛いほどわかっていた。今回の状況は前回よりも悪い。はるかにはるかに悪い。分析官たちもスターンの懸念を感じとっているようだった。スターンはときおり、炭酸カルシウムが主成分の胃薬、タムズのタブレット錠をぼりぼりと嚙み砕くくらいで、なにもしないし、なにもいわない。そうやって、ただ聞き耳だけを立てている。

室内のあちこちでは押し殺した声でやりとりが交わされており、つねに小さくざわついていた。部屋がしんと静まることはない。会話がすっかり途切れるのは、スーパー・ホーネット飛行隊の隊長機からたまに通信が入るときだけだ。通信は僚機への指示と司令部への報告を兼ねている。飛行隊はいま、コールサイン〈フィリックス〉で呼ばれていた。

「こちら〈フィリックス‐1〉、目標にレーダーを照射中。単縦陣隊形でつづけ。これより進入する。用意せよ」

スターン大将はまた一錠、炭酸カルシウム錠を口に放りこんだ。このとき、たまたま展望室の前部からそのようすを見ていた男がいた。マクシム・ロンチェフという名のインターンである。ロンチェフは大将から目を離し、ふたたびタブレット・コンピュータに顔を近づけた。タブレットが置いてあるのは、カフェテリアから引っぱってきたテーブルの上だ。このタブレットで実行中の一サブプログラムが、ＮＩＸ‐３衛星群からのデータに妙なものをとらえたのは、いまから四分前のことだった。問題の画像はいま、最大解像度でタブレットに表示されている。

「マスター・アーム・スイッチ、オン」飛行隊長が報告した。

同じテーブルには、向かいととなりに分析官がすわり、しきりに技術的な会話を交わしている。インターンはそれを耳から締めだそうとしながら、懸命に画像の異常解析に取り組んだ。

ロンチェフが設計した人工知能アルゴリズム〈相乗り《ピリオン》〉は、ＮＩＸ‐３衛星群が収集した画像データを解析するためのものである。この初歩的なＡＩがユニークなのは、特定の選好手順《モドゥス・オペランディ》を持たない汎用人工知能アプリケーションであることだ。たいていのアルゴリズムは、ごく限られたパターン――たとえば車輌の配備やレーダーの設置など、対象を絞りこんで検出を行なう。それに対してマクシム・ロンチェフは――スタンフォードＡＩ研究所の指導教授から受けたアドバイスに反して――〝外れ値〟である可能性が高い対象を探すように設計した。いいかえれば、〝おもしろい〟と感じた対象をピックアップするということである。

　こういった仕様のうえ、大学院生が設計したこともあり、〈ピリオン〉は実験的に使われているだけで、なんらかの成果を期待されているわけではなかった。じっさい、ロンチェフをコントロールルームに入れる必然性には議論のあるところで、当人もそれをよく承知している。〈ピリオン〉がなにを〝おもしろい〟と判断するかは、研究上の大きな課題となっていた。そしてそれは、テーブル上のタブレットでロンチェフが直面している問題と同根のものでもあった。

ロンチェフは合成されたモノクロ画像を食いいるように見つめた。

「目標を発見」飛行隊長がいった。「ただちに重要攻撃目標《ダウンタウン》へ向かう」

〈ピリオン〉が発見したのは、地面に落ちている木の枝の不自然な配置だった。特異体を取り囲む細い空き地に、何本もの枝が散らばっている。画面上、その横に表示されているのは、〝低確率〟のラベルだ。問題は、この不可解な画像が、一日のさまざまな時間帯において、さまざまな角度から撮影された映像を基に、多数のフレームを擦《す》りあわせて合成したものだということだった。ロンチェフは目をこらし、枝の散らばる不可解な画像を〈ピリオン〉が〝おもしろい〟として提示したのはなぜなのか、その理由を見きわめようとした。

「コーヒー、いるかい？」となりにすわる分析官が声をかけてきた。

「いい！」ロンチェフは思わず声を荒らげた。それから、「あ、ああ、ありがとう。すまない」

自分の声が室内に大きく響き、ひどく決まり悪い思いをした。洞窟のような部屋は、すぐにしんと静まりかえった。そんななかで、飛行隊長がふたたび無線で報告した。パイロット特有の簡潔なしゃべりかただった。

「地上《デッキ》へ降下する。最終進入では高度二〇〇《ケルビム2》フィートを維持せよ」

参照したどの画像でも、地面に散らばる木の枝は、密林の天蓋《てんがい》や天蓋が落とす影に隠れていて見えない。特異体の表面がもたらす熱と電磁干渉も、さらに画像を劣化させている。多数の画像から再構成した枝の画像はぼけぼけで、どうにも解釈しがたかった。

「生きてる？」そのとき、向かいの席にすわる、さっきから口数の多い分析官がきいた。

ロンチェフは顔をあげた。頭をかきむしりすぎて、髪はもうぼさぼさだ。

「ああ、生きてるよ。それに、考えごとで手いっぱいだ」

「ちがうちがう、〝生きてる〟。そうあるだろ？」分析官はそこで、テーブルの上に寝かせてあるタブレットを上下さかさまにひっくり返してみせた。「地面に置かれた木の枝さ。メッセージになってるじゃないか。見えるかい？　〝ALIVE《生きてる》〟」

「〈フィリックス‐1〉、投下準備よし」

ロンチェフの口が〝おお〟という形を作った。だが、驚愕《きょうがく》のあまり、声が出てこない。

あわてて立ちあがったとたん、テーブルにひざをぶつけ、大きな音を響かせた。たくさんの顔がこちらに振り向けられた。ロンチェフは荒い息をしながら立ちつくした。決まり悪さで顔が真っ赤になっている。わなわなと脚を震わせつつ、展望室内を見まわした。室内には、ほんのふたことみことで彼のキャリアをおわらせられる政府高官たちが詰めている。それだけに、つかのま、ためらいをおぼえた。

それから、腹をくくり、大声で叫びはじめた。

26　侵入開始

白々とした早暁《そうぎょう》の光の中、蚊帳《かや》つきのハンモックに横たわったニディ・ヴェーダラは、ジェット・エンジンの音に耳をそばだてていた。轟音が遠ざかっていく。覚悟に反して、ナパーム弾が炸裂《さくれつ》することはなく、密林の天蓋を貫いてまばゆい炎の指が降りそそぐこともない。核爆発の圧倒的な高熱が、地球外微粒子によって築かれた構造物の表面に襲いかかることもなかった。安堵の笑みがひとりでに顔に浮かんできた。オディアンボの発案による、落ちた枝を使っての原始的なメッセージは、どうやら見つけてもらえたらしい。

これでフィールド・チームは、もう一日、生き延びられる。

夜間にはまったくなにも起こらなかった。生あるものは密林のこの一帯に残っていないようだ。ここにくるまでのあいだにチームが経験した、密林にあふれかえる音とひしめく生物の混沌《こんとん》にくらべれば、その静けさは鮮烈なほどで、不安をいだかずにはいられなかった。樹々や草でさえ、地球外の構造物から避難しようとしているかに思える。焼け焦げた葉のあいだから、いまもうっすらと立ち昇る煙のもとで、葉が落ちてあたかも白骨化したかのような高みの枝々は、天に向かって鉤爪《かぎづめ》を伸ばす化石のように見えた。完全な無音に近い静けさと、自然のものではない熱、そして乾燥は、周囲の環境自体が変化したような感覚をいだかせる。まるで、本来は緑豊かな多雨林であったものが、すっかり変貌したかのようだ——なにか……なにか別のものに。

ストーンの生理機能記録は、彼がほぼ夜どおし悪夢にうなされていたことを示している。これはふだんよりもずっと悪い状態だ。もっとも、チームの全員が、暗闇の中で夜を過ごすあいだ、うとうととまどろんでは不安ではっと目覚めることをくりかえしていたため、体調の良好な者はひとりもいなかったが。予備のハンモックでくつろぎ、ぐっすり眠れたらしいのは、唯一トゥパン少年だけだった。少年がかかえている疑念も恐怖も、どうやら圧倒的な疲労の奔流に呑みこまれてしまったらしい。

ハンモックから降りたヴェーダラは、フィールド・チームのほかのメンバーを起こしてまわり、朝食をとりしだい、特異体の〝口〟の前に集合するよう指示した。ウーがゆうべ消した焚火《たきび》をふたたび起こしているあいだに、ヴェーダラはブーツのひもをしっかりと締め、長袖の上着の上から抑制剤をスプレーしなおした。そして、グラノーラ・バーを咀嚼《そしゃく》しながら、ひっそりとした樹々のあいだを単独で通りぬけ、足もとの悪い川岸まで歩いていった。

前回肥大化して以来、特異体はとくに大きくなってはいなかった。とはいえ、のっぺりした構造物の内側からは、エネルギーの胎動のようなものが感じられる。この内部では、なんらかの潜在的なエネルギーが生成されているようだ。まるで、つぎの拡張に備え、力をためているかのように。

川床になかば埋もれた、長さ三十メートルほどの倒木を見つけ、その乾いた先端に腰をおろし、脚をぶらぶらさせながら、ヴェーダラは六角形のトンネルの入口を観察した。特異体の下部にあいた開口部は、高さも幅も四メートルほどだ。黄色がかった茶色の川水は、そのやや左下から流れだしている。流れだした水は浮きかすだらけの細い川となり、川岸の曲線にそってゆるやかに蛇行しながら、露出した川床の泥の上を流れていた。ところどころに盛りあがるのは浮きかすと泥の山だ。

ひっそりと静かな川岸には、枝葉の天蓋をぬい、朝靄を貫いて、力ない朝陽の箭《や》が射しこんでいる。

川底の泥には、壊れた特異体のかけらが散乱していた。あちこちに細長い溝が抉《えぐ》れており、各々の溝の末端には例の角《かど》が鋭い石がある。溝の中には石がないものもあった。おそらく、マシャード族が持ち去ったのだろう。溝は総じて、トンネルの口から外へ放射状にうがたれており、この石の散らばりようには〝動き〟を感じさせるものがあった。あたかも、トンネルの口から大量の破片が吐きだされたかのようだ。

ここでヴェーダラは、〝怒った神の声〟というトゥパンの表現を思いだした。そして、撤退しろというクラインの勧告も。

首筋にふと、空気の流れを感じた。この軽やかなうなりは、〈カナリア〉のローター音だ。コーヒーの香りもただよっている。ふりかえると、ジェイムズ・ストーンがすこし離れた樹々のあいだから現われたところだった。両手にひとつずつ、ブリキのカップを持っている。こちらへ歩いてきながら、ストーンは金属光沢のあるカップでトンネルの入口を指し示し、仮説を口にした。

「あの穴だが、前に見たグレイの灰と同じ物質でおおわれている。トンネルの入口の内径には、一部、欠損が見られるな。もちろん、〈カナリア〉たちには、空中に浮遊する有毒物質をつねにチェックさせているし、いまのところ、怪しいものは検出されていない。もっとも、もし有毒物質がただよっていたら、とうに結果は出ているはずだがね」

ストーンは倒木までやってきて、ヴェーダラのとなりに腰をかけ、カップを手わたし、語をついだ。

「いまごろはもう、みんな死んでいるはずだ」

「そのことを考えていたのよ」とヴェーダラはいった。「あの灰と石の薄片は固体として残っているけれど、爆発で蒸発してしまった同じ材質の物質はもっと大量にあったはずでしょう。マシャード族は塵《ちり》の雲の形でそれを吸いこんだ——ごく微量を。それは彼らの体内で活性化した。はじめのうちはゆっくりとだったけれど……それでもその物質は彼らを狂気に駆りたてた。ピードモントのときと同じように」

ヴェーダラはコーヒーをすすってから、問いかけた。

「でも、あれが爆発した背景にはなにがあるの？　オディアンボによれば、この一帯は八百キロ四方にわたって、火山活動が休止中とのことよ。だとしたら、自然現象ではないでしょう」

「うん、自然現象だったとは思わない」ストーンはうなずいた。「ひとつ、あたためている説があるんだ。もっと証拠が集まらないことには、明かす気になれないが——ただ、あの爆発は失敗の結果だったと思ってる。人間が犯した失敗のね」

　ヴェーダラはストーンに不安の視線を向けた。それから、ストーンに顔を近づけ、声をひそめてこういった。

「その説を聞かせてもらうときを楽しみにしているわ。これまでの経緯からすると、この調査行にはどうもうさんくさいところがあるのよ。隠しごとをしている者もいるようだし。だから、あなたのことを信用できればいいと思っているの、ジェイムズ」

「ぼくをメンバーに加えたのがきみじゃないことは知っているが、ニディ。ぼくは断じてスパイのたぐいなんかじゃ——」

「そこよ、わたしがいっているのは。あなたはむしろ信用できるわ。なぜなら、本来、ここにいるはずのなかったメンバーだから。つまりあなたは、万能札《ワイルドカード》なわけ。それも、きわめて幸運な偶然でまぎれこんだワイルドカード」

　11：03：24協定世界時《UTC》、ワイルドファイア・フィールド・チームは特異体開口部の前に集合していた。すこし距離を置いた場所から、トゥパンが不安そうな顔で見まもっている。各々の科学者は、首から防毒マスクをぶらさげ、額にヘッドランプをはめていた。それぞれの服と肌には、最後の反応抑制剤を噴霧してある。

　開口部に入る準備としては、これ以上、できることはない。

「では、いきましょう」ヴェーダラがいった。「全員、一列で進むように。ゆっくりと動くこと。なにか見つけたら、声に出して報告して。まずはストーンの〈カナリア〉たちを先行させて、そのデータでマップを作成しながら進んでいきましょう。ゆっくりと、着実にね。隠しごとはなしよ」

細流のせせらぎを背景に、ヴェーダラはもうひとこと、つけくわえた。

「忘れないで、わたしたちがここにいることを望まない人物の存在を。そういう人物がいることこそ、わたしたちがこれを調査しなくてはならない理由でもあるの」

「〈カナリア〉は順次、送りこんでいる」ストーンが、一機、また一機と、一定の間隔をおいてトンネルにすべりこんでいくドローンを指さした。それから、ふりかえって密林を覗きこみ、トゥパンにあごをしゃくった。「ただ……ちょっと待っててくれ」

トゥパンはすこし離れた倒木の上で、吹矢筒をひざの上に載せ、しゃがんでいた。最初の接触以来、少年はいつもストーンにくっついていただけに、その顔には悲しみが浮き彫りになっている。とはいえ、トゥパンにとっていちばん安全なシナリオは、トンネルの外に残り、科学者たちがもどってくるのを待つことだ。一同が出した結論はそれだった。

ヴェーダラはストーンが少年に歩みよるところを見まもった。ストーンはほほえみを浮かべ、力づけるように声をかけた。残っているよう説得されたトゥパンは、目に涙を浮かべ、ストーンから顔をそむけた。

ヴェーダラは胸の痛みをおぼえ、悲しみのにじむ微笑を浮かべた。

　この間《かん》に、ハラルド・オディアンボはトンネルの入口まで歩いていき、理知的で好奇心に満ちた目で内部を覗きこんでいた。地球外地質学者にとって、ここは文字どおり、子供のころの夢が実現した場所にほかならない。暗黒のトンネル内部には、あちこちに光がちらついている。〈カナリア〉ドローンたちがＬＥＤライトを点灯し、蛍の群れのように暗黒ののどの奥へと進んでいるのだ。

　オディアンボのとなりに立つポン・ウーは、過呼吸に陥らないよう努めていた。いまにも自分がパニックを起こしそうな徴候を感じとり、宇宙飛行士《タイコノート》の基礎訓練で身につけた呼吸法で深呼吸をくりかえしている。

　オディアンボはウーの動揺に気づいたようすをあえて見せず、冷静な口調で語りかけた。

「この奥にあるのがなんであれ、ウー少佐……敵性であると想定する理由はなにもないよ。理屈のうえでは、この構造物全体が、たんにわれわれが存在を把握していない微粒子の造形以上のものではない可能性もある。これは自然の生んだ驚異なのかもしれない。微粒子が太古から存在していて、他の太陽系からきた可能性さえあるとはいえ……これがここにあるのは、純然たる偶然でしかないんだろう」

「はたしてそうだろうか」とウーは答えた。「そうはいいきれないだろう？」

「たしかに、そうはいいきれないが。しかし、アンドロメダは地球の大気上層以外の場所では見つかっていないんだ。だからこれは、われわれの惑星に固有の奇妙な偶然によって、進化が生んだ存在のように思える……きみがなにか、わたしの知らないことを知っているのなら別だがね」

ふたりの目が合った。ウーはもうすこしでなにかをいいかけたが……そこで思いとどまり、かわりにこういった。

「オディアンボ博士。情報を事前に共有するには、信頼関係が第一となる。この場で充分な信頼関係が成立しているとは思えない」

オディアンボはウーの視線に気がついた。少佐は老科学者の肩ごしに冷たい視線を向けている。ふりかえると、ニディ・ヴェーダラがすぐそばに立ち、ふたりの会話に耳をそばだてていた。どうやら緊張しているようだ。その眼差《まなざ》しは鋭く、真相を見通そうとしているかに見える。口を開いたヴェーダラのことばにはとげが含まれていた。

「わたしのチームに危害をおよぼしかねない秘密を知っているのなら——」声が低くなっていた。

「——打ち明けるのはいまよ」

「秘密は……」いいかけて、ウーは固く口を閉じた。「とくにない」

オディアンボは眉根を寄せた。協力しあえる千載一遇の機会が、これで失われたと感じたのである。残念ながら、このような機会は、もう二度とこないかもしれない。

ウーは先をつづけた。

「ただし、クライン博士の警告に耳を貸すべきだと考える理由は充分にある。彼女は微粒子のことをきわめて深く理解している。その彼女があいう警告をする以上、根拠がないはずはない」

「ソフィーの警告にはなんの裏づけもなかったわ。それに、彼女の判断は信用できない。いくつかの明白な理由でね。あなたをそれほど怯《おび》えさせるものはなんなの？」

この問いに、ポン・ウーは奇妙な答えかたをした。

「それは……直観だ」(註9)

〝直観〟ということばを持ちだされて、ヴェーダラの顔色が変わった。これはたいていの科学者が見せて当然の反応だ。科学者というものは、たしかな証拠の裏づけなく、気分や感情に流された結果は除外するように訓練されている。

だからヴェーダラは、つぎに口にすることばを慎重に選んだ。ここでのやりとりは、周囲を飛びまわる〈カナリア〉たちに記録されている。それは全員が知っていることだ。

「このフィールド・チームには果たすべき役割があるのよ、ウー少佐。この特異体構造物の中に入って調査することがそれ。調査せよとの命令は依然として生きているわ。拒否するというなら、それでもけっこう。ただし、命令拒否がどういった形で跳ね返ってくるかは、重々承知しているはずね」

ウーはいまも山刀《マシェッテ》を手に持ち、その柄《え》をしっかりと握りしめている。心臓がひとつ搏《う》つごとに、マシェッテを持つ腕が震えた。どうやらウーは過覚醒状態にあるようだ。一般に〝闘争か逃走か反応〟として知られる状態である。

註9　オレゴン健康科学大学の直観に関する最新の研究は、無意識的知識が意思決定に強い影響をおよぼすことを示している。典拠は以下のとおり。アナ・ロング博士ら、「直観を評価する：第六感のインパクトに暴露されるとき」ジャーナル・オブ・ソーシャル・サイコロジー誌、一一三巻第七号（二〇一六年）、一一七〜一二二頁。

「はっきりいいましょう」そういって、ヴェーダラはウーに詰めよった。「軍人である以上は、命令を拒否すれば免官をまぬがれない。民事訴訟の対象にもされるかもしれない。いずれにしても、あなたのキャリアは終わり。おそらく、自由も剝奪《はくだつ》されるでしょう。人民共和国の軍事裁判の仕組みはよく知らないけれど、臆病者を称揚することはしないはずだわ」

ウーは肩を落とし、悄然《しょうぜん》とうなずいた。手にしたマシェッテを放し、密林の地面に落ちるにまかせる。ヴェーダラは気がすんだらしく、くるりと背を向けると、トゥパンに別れを告げているストーンを連れもどしに歩きだした。

ハラルド・オディアンボは、ウーを慰めるように、彼女の肩に手をかけた。そして、興奮に目を輝かせ、腰をかがめて、その耳もとに顔を近づけた。

「忘れないように心がけておくといい」そういって、背筋を伸ばす。それから、トンネル入口の境界を踏み越え、内部に第一歩を踏みいれた。「これは科学上の冒険なんだ」

ウーは力なくうなずき、オディアンボのあとを追って、構造物の中に入っていった。

何秒かおいて、ヴェーダラもあとにつづいた。

最後に入ったのはストーンだった。ストーンは開口部の入口でふりかえり、トゥパンに手を振って別れを告げた。少年は予備の食料や補給品を満載したハードケースの上で脚を折り曲げ、爪先立ちでしゃがんだまま、無気力に手を振り返した。ストーンは〈カナリア〉の通訳を介して、五分を費やし、あとに残るよう因果をふくめてきたが、少年は納得しきってはいない。

トゥパンが見まもる前で、ストーンの姿はたちまち、のっぺりした黒いトンネルに呑みこまれた。先行した科学者たちのヘッドランプが投げかける光が、なめらかな内壁に躍っているのが見える。さらに奥では、〈カナリア〉ドローンたちの放つ光が遠い星々のようにまたたいている。

構造物と密林との境界の、蒸し暑くひっそりとした一帯で、トゥパンはひとり、トンネルの中を覗きこんでいた。やがて、ちらつく光はすっかり見えなくなった。

三十秒ほどして、トゥパンは急いでハードケースから飛びおり、ふたをあけた。その中から、ストーンが残していったシャツ——抑制剤を噴霧したシャツを掘りだす。そして、この〝鎧《よろい》〟を頭からかぶり、予備の防毒マスクを顔につけ、ヘッドランプのバンドを手に巻きつけると、ランプを握りしめた。これは明るい光がはたから見えないようにするためだ。

すっかり準備をすませてから、トンネルの入口へ歩みより、そこでいったん足をとめ、ウーが落としていったマシェッテを拾いあげた。ついで、最後に一度、大きく息を吸うと、境界を踏みこえ、友人たちのあとを追いかけだした。

闇の奥へ駆けだす少年の手で、鋼鉄の刃《やいば》が一度だけ、外光を受けてきらりと光った。

27　下り勾配

フィールド・チームの科学者たちは、ひとりずつ順番に、息の詰まる暗闇の中へ入っていった。全員が長ズボンと長袖の上着を着用し、手には明るい紫の研究用手袋をはめ、からだじゅうに幾重にも抑制剤を噴きかけてある。顔の下半分には、前からだと翼の形に見える防毒マスクをはめ、鼻と口をしっかりカバーしていた。有毒成分こそ含まないが、ひどく蒸し暑い空気の中で、トンネル内には四つのヘッドランプが上下している。四足のブーツが硬い床を踏む音は、はてしなくつづくかに思えるトンネルの前後にうつろな反響を響かせていた。

行く手では、飛びまわる〈カナリア〉ドローンの群れが光をちらつかせ、軽いうなりを発している。各々が放つ超高輝度のＬＥＤ光源は、地下のクモの巣にひっかかった朝露のようだ。トンネルの内壁は緑がかった黒で、油膜のような光沢がある。その内壁に反射するＬＥＤの強力な光は、状況によって予想もつかない形で反射し――まばゆく光るときもあれば、平坦な漆黒の壁面に吸収される場合もあった。飛びまわるドローンが科学者の付近を通過するさいには、そのローターが金属臭をともなう暑い空気の柱を吹きつけていった。

チームは黙々と歩いた。だれもが緊張し、気を張り、感覚を限界まで研ぎ澄ませている。

「依然、空気中に浮遊する有毒物質はない。周囲の空気はきれいなままだ」

数分おきに、ストーンが同じことばをくりかえす。

あるとき、ヴェーダラがいった。

「それにしては、残留物が多いわね」

ヴェーダラがそういったのは、ウーの足跡を見てのことだった。トンネルの床には、湿った灰の薄い層ができていたのだ。

「それはそうだが、空気中に微粒子はないよ」

「そうはいっても、防毒マスクはつけていないとね」

オディアンボは五十メートルごとに、腰のポーチから小さな黄緑色のスティックを取りだして、ふしくれだった指でそれをぐいと曲げ、中身のアンプルを割っていた。そのたびに、スティックがやわらかなエメラルド・グリーンの光を放つ。化学発光体《ケミカルライト》である。オディアンボは光りだしたスティックを床に落とし、道しるべとした。これでトンネルの傾斜を把握し、外へ出る経路の目安にできる。

まっすぐ構造物の奥へつづくトンネルは、それとわからない程度の、ごくわずかな下り勾配をなしていた。どこまでいっても、壁面はのっぺりしている。すべて同じ材質でできていて、その表面には古いコークの瓶を——中身が入った暗いグリーンの瓶を——思わせるものがあり、どことなく液体がゆらめいているような印象をもたらした。入口付近では陽光に薄く浮かんで見えた六角形模様は、すこし奥へ進むとたちまち見えなくなり、いまも見えない状態がつづいている。

しんがりを務めるのはストーンだ。不精ひげの生えた顔が、首にかけたタブレットの光を下から受け、ぼうっと照らされている。タブレットの画面では、〈カナリア〉の群れが送ってくるデータがリアルタイムで処理され、マップが刻々と生成されていた。いまのところ、描かれているのは特異体の奥へまっすぐに連なる一本道の線だけだ。トンネルの長さは、すくなくとも四百メートルはあるらしい。

ゆっくりとしたペースで二十分ほど進んだとき、ヴェーダラがいったん立ちどまり、一同に集まるよううながしてから、

「現状報告をおねがい」とストーンにいった。

「トンネルは一定の角度で傾斜している。下り勾配だ。角度にはまだ変化がない」ストーンは意図せずして、ささやき声になっていた。「表面の材質はまったく均質のようだ。灰の残留物は硬化していて、表面全体をおおっている。煙突の中の煤《すす》みたいな感じだな。ここ以外の通路は見られない。深みへ降りるにつれて、温度があがっている」

「温度はあがって当然だよ、地温勾配を考えれば」オディアンボがいった。「これは本質的に、地中に潜る坑道なんだ。洞窟と同じだと思えばいい。ただし、壁面を構成しているのは地球外の材質であり、はなはだ不自然な、地質学とは整合しない特徴を持っているがね」

ここの驚異に触れられて、オディアンボの声には深い感慨が表われていた。

「よもやこのようなものが、この目で見られるとはなあ……。地球外地質学者というのは、本来、何十億キロもの宇宙空間の彼方から収集された画像やデータを研究するものなんだ。それなのに、わたしはここにいる。地球外の構造物の内部に立っている」

「恐ろしく感じるのではないだろうか、ふつうは」ウーがいった。

「かつてわたしが見た中で、これはもっとも美しい構造物だよ」とオディアンボは答えた。

「なにを根拠に、この構造物が異星のものだと断言するんだ？」これはストーンだ。

「そう仮定する根拠は、ここの環境に固有の構造にある。この物質は完全に均質だ。この内部空間は長い六角柱構造をなしていて、それは根底にある微粒子の基本構造と完全な相似形をなす。それにわたしは、〝異星の〟といったわけではないぞ、ストーン博士。〝地球外の〟といったんだ。この信じがたい物質の原形は、スクープ七号衛星によって、地球大気の上限ぎりぎりに滞留しているところを発見された。それを思いだしてほしいものだね」

「そしてその原形は、最初の接触において、四十六人の罪もない民間人を殺し、さらに軍人ふたり、パイロットひとり、ハイウェイ・パトロールの警官ひとり、付近の町の民間人もう五人を死に追いやった」ストーンは陰鬱《いんうつ》な声でつけくわえた。「男、女、子供もだ」

「それは〝良性〟へと進化する前のことだろう」オディアンボがいった。

「ＡＳ‐２樹脂分解体《プラスティファージ》を良性と呼ぶ気にはなれないな。ましてや、ピードモントの上空で、乗っているジェット機のポリマーを二分たらずで残らず解重合されて墜落死してしまったパイロットの友人には、とてもむりだろう」

「妥当な意見ではある、ストーン博士。もっともだ。いかんな、きみの父上がオリジナルのワイルドファイア作戦の当事者だったことをついつい忘れてしまう。これはきみにとって、きわめて個人的な問題だったんだな」

ヴェーダラはまじまじとストーンを見つめた。

ここで、ウーがいった。

「自分はこれを異星のものだと信じる。私見ではあるが」

「その理由は？」ヴェーダラがたずねた。「また直観？」

「微粒子が見つかったのは、宇宙空間のぎりぎり内側だった。この微粒子はアミノ酸を持たず、老廃物も排出せず、独特の結晶質構造を持つ。生物というよりは、機械に近い。なんといっても、低酸素でかつ紫外線が大量に降る環境で存続するように設計されているんだ。すべての要素は、微粒子がひとつの目的のため、意図的に設計されたことを示している」

「かもしれないし、火山の噴火か小惑星の激突で大気中に放出されたのかもしれないでしょう。外宇宙から飛来した説とは正反対に、地球の地中深くで進化したのかもしれないわよ」

ウーはそれ以上なにもいわず、ヴェーダラを無表情に見つめるだけだった。単純な意思疎通不足によって、結局、ふたりの距離は歴然と開く結果となった。

英語の〝直観《インテュイション》〟にもっとも近い中国語は——大陸では——〝直覚《チー・チュエ》〟という。これを西洋のことばに置き換えるのはむずかしい。〝直覚〟の概念は、儒学の古典にも中国史の伝統的な思想にも存在していなかった。十九世紀のあるとき、西洋の哲学者たちによって直観が紹介されたあと、中国で独自に発展した概念だからだ。

東洋と西洋の直観に対する主要な差異は、リアン・アン著の『語源学：東洋と西洋の激突』にあるとおり、本能と理知のあいだのどこかに存在する。西洋では、直観という概念は存在論的な本能に基づくものだ。いっぽう東洋では、ポン・ウーが理解しているところによれば、直観の概念は理性《リー・シン》——すなわち理知に基づく。ウーの精神にとって、直観とは、確固たる事実から飛躍を経て得られる確信にほかならない。

ふたりの科学者は無言でにらみあった。膠着《こうちゃく》状態はしばしつづいたが、ややあって、ようやくそれが破られるときがきた。ストーン博士が驚きの声をあげたからだ。

「なんてことだ……」ささやき声というよりも、かすれ声になっていた。

恐怖を刻まれたストーンの顔が、タブレットの光を受けて闇に浮かびあがっている。その顔がふっと消えた。ほかの者にも画面が見えるよう、タブレットの向きを変えたためである。ちらつくライブ映像は、約二百メートル奥に先行する一機の〈カナリア〉ドローンが送ってきたものだった。宙に浮かぶドローンの下で、なにかが床に横たわっている。

死体らしい。そこまではわかった。

死体はうつぶせになり、顔を下にしていた。四肢が異様に長い。服は着ていないようだが、皮膚はところどころ、ほかよりもまだら状に黒っぽくなった部分がある。ドローンが照らす超高輝度のＬＥＤ光のもとで、まだ残っている肉は白っぽい。なによりも慄然《りつぜん》とするのは、死体の一部が床に沈みこんでいるらしいことだった。

「這っていたんだ。これがなんの死体であるにせよ、這い進もうとしていたんだ……」

ストーンがつぶやいた。そこでヴェーダラが、手を横にひとふりして黙らせた。

「予断は禁物。ドローンをもっと近づけて」

〈カナリア〉が近づくにつれて、身の毛もよだつ死体の状態はいっそう鮮明になった。

「これは……なんの死体だ?」

ストーンが問いかけた。見たとおりのことを口にするのが恐ろしかったからである。

「わからない」答えたのはオディアンボだった。「しかし、わたしの目には、人間の死体には見えない」

28　進化

国際宇宙ステーション《ISS》の〈キューポラ〉で赤いランプがまたたきはじめた。クラインはそれを見つめて、ためらった。呼びだしをかけてきたのは、ピーターソン空軍基地《PAFB》の合衆国北方軍《NORTHCOM》だったからだ。

クラインとスターン空軍大将とのやりとりは、シャイアン・マウンテン基地地下のロボットを介して秘密裏に対話してからというもの、時間の経過とともに、ますますよそよそしいものになっている。いまスターンとの対話に応じることが、はたして自分の目的に見あうかどうか……。

それでも、結局は呼びかけに応えることにした。

［衛星アップリンク実行中――リンク確立――接続］

ＩＳＳ・クライン　こちらクライン。

PAFB・スターン　チームからなにか連絡は？

ISS・クライン　ないわ、NORTHCOM《ノースコム》。

PAFB・スターン　チームの者たちが生きていることを示す形跡が見つかった。気づいていたか？

ISS・クライン　いいえ。

PAFB・スターン　湖から上に伸びていく塔は観測しているか？　高さはすでに一六〇〇メートルちかい。こちらも必死なんだ、ソフィー。こういってはなんだが、これまでのところ、きみはあまり役にたってくれていない。もっと貢献してくれるものと思っていたんだがな。見解は？

ISS・クライン　ない——と申しあげておくわ。

ＰＡＦＢ・スターン　［十秒の間《ま》］いいだろう。本件に関するきみの関与はここまでだ、クライン博士。これまでの助力に感謝する。だが、われわれのミッションは失敗した。

ＩＳＳ・クライン　そうは思わないわ、将軍。

ＰＡＦＢ・スターン　いま、なんと？

ＩＳＳ・クライン　わたしのミッションははじまったばかりなのよ。わたしはわたし自身のことばで、わたし自身を知ってほしかっただけ。

ＰＡＦＢ・スターン　いったい、なにを——

［通信終了］

接続を切り、クラインはＩＳＳ内の映像に目を向けた。ふたりの同乗クルーはそれぞれの日常業務を漫然と継続している。ふたりを見ているうちに、クラインの生理機能モニターが呼吸と心拍数の増加を検知した。興奮してきているのだ。

生理機能状態が基準値をめったに越えることのないクラインにとって、これは異例の反応だった。ふだんのクラインは、深呼吸と瞑想《めいそう》を用いて、感情の動きを生理機能モニターにとらえられないようにしている。したがって、ヒューストンでチェックしている地上クルーの詮索《せんさく》的な目にも気づかれることはない。

だが、きょうはちがう。

鎮静化の手順はもうとらない。かわりに、手首にはめた腕時計サイズのブルートゥース・ワイヤレス・モニターをひっぺがした。スイッチを切り、宙にただようにまかせる。これで生理機能状態を伝える信号は途絶えた(註10)。

ソフィー・クライン博士は、ここに上辺をつくろうのをやめた。演技をやめた。嘘をつくのはもういい。地上の継続的観察から感情を隠すこともしない。クラインは二年にわたって、真意を隠していたのである。

しかしいま、その真意を明らかにするときがきた。

動悸《どうき》を打たせつつ、特別あつらえのロボット制御用ワークステーション・インターフェイスを引きだす。遠隔操作《テレプレザンス》グローブをはめ、両目の上にヘッドマウント・ディスプレイを装着し、指を曲げ伸ばしした。百メートル離れたところで、ロボット宇宙飛行士《ロボノート》R3A4が同じことをした。

つづいて、ロボットが両腕を動かしだした。

隔離された実験棟モジュールには、一群の専用コンピュータが搭載されている。ロボノートはキーボード入力でそれらを起動した。ロボットがいまの場所から実行できるコマンドには、非常時優先権が恒久的に与えられている。ＩＳＳに万一の事態が起きた場合、比較的安全な〈ワイルドファイア〉実験棟モジュールからステーション内の各サブシステムにアクセスできるようにしておくのがベストだ、とＮＡＳＡが判断したからである。

　まさかステーション内部から敵対的行動がとられようとは、だれにもまったく予想のできないことだった。

　だが――作業に没頭するあまり、クラインは気づかなかったが、当該モジュールには異常が発生していた。肩のすぐそばには〈キューポラ〉の窓がある。そこから外を見てさえいれば、彼女も不気味な光景に気づいただろう。ステーションに接続されてからの五年間ずっと、〈ワイルドファイア・マークⅣ〉実験棟モジュールはシグナス自動化貨物宇宙船に偽装されたままだが――その下面に、ぽつんとひとつ、しみが生じていたのである。宇宙空間の真空の中で、だれにも気づかれぬまま、そのしみはスミレ色に発光していた。と、しみがいきなり、明るい紫色の閃光《せんこう》を放ち、それとともに、ひとまわりぐんと大きくなった。

　ヘッドマウント・ディスプレイを装着したクラインは、ロボットの目を通して世界を見る。そのようすをとらえているＩＳＳのカメラに映っていたのは、彼女の顔の下半分だけだ。彼女が自分に向かって静かに語りかけるとき、その唇が動くのが見える。仕事をこなすかたわら、何年も

註10　ただし、クラインの運動皮質に埋めこまれている脳《ブレイン》＝コンピュータ・インターフェイスは、以後も記録を継続し、データをミッション管制センターに送りつづけている。これはそう簡単に取りはずせるものではないのである。

かけて準備を進めてきたクラインは、いま、一方的な行動に出ようとしていた。この計画を知る者はクラインのほかにいない。しかし、この計画はもうじき、彼女自身の生のみならず、地球上の人間全員の生にも影響をおよぼすはずだった。

このときソフィー・クラインは、人類の解放を企図《きと》していたのである。

29 検屍

アマゾンの密林の地下深く、宙にただよう六機の〈カナリア〉ドローンが放つまばゆいＬＥＤライトのもとで、正体の不明な死体はぐったりと横たわっていた。人間のものには見えないその死体は、からだの一部が硬い床に埋もれている。あたかも水泳でからだの一部を水面上に出した泳ぎ手のように、うつぶせで床に融けこみ、なかば消化された死体は、完全に凝固した状態だ。頭があるのはトンネルの手前側、足は奥側だった。

それがいったいなんの死体であるのかは、カメラからの映像ではわからない。チームは百メートル手前で対応に窮し、進みをとめた。だが、それもつかのまのことだった。ニディ・ヴェーダラがいつもの調子でじれったそうに前を指さし、前進するよううながしたのだ。「さあさあ、進んで、進んで」みずからもトンネルの奥へ歩きだしながら、ヴェーダラは指示した。「防毒マスクを隙間なく装着するように。周囲への目配りも忘れないようにね。ポン、サンプル採取キットの準備をして」

ヴェーダラは歩幅こそ小さいが着実な足どりで奥に進みつづけ、やがてドローンたちのもとに到着した。ドローンたちは光を渦巻かせ、ローターをうならせながら、宙にひしめいている。最初に彼女がしたのは、ヘッドランプを床に向け、床に埋もれた死体をまばゆいビームで照らすことだった。それから、こんどはトンネルの奥へランプを向けた。そこには壁が立ちはだかってした。トンネルはここで行きどまりになっているようだ。だが、死体の足から奥に向け、なぞるようにランプを向けてみたところ、光の反射がない部分があった。そこだけ壁がなくなっている。

「奥に小さめの開口部があるわ」ヴェーダラは一同にいった。「床には破片も散らばっている。壁面は小さな孔だらけ。ここから運動エネルギーが放出されたんじゃないかしら」

オディアンボがヴェーダラのすぐうしろに立ち、つぎのケミカルライトのスティックを曲げて化学発光させせた。付近の壁面と彼の顔が蛍光エメラルド・グリーンに染まった。開口部の直径はトンネルのそれよりもだいぶ小さい。そして、奥に向かって通路のようなものがつづいている。

「ふむ、たしかに。ここで爆発が起きたようだ。見たまえ、表面の条《すじ》模様を。いくつもの溝があるだろう？　こまかい傷が無数にあるだろう？　こんな状態は、特異体のこの部分ではじめてお目にかかった。どうも結晶質のようだな。たとえば、石英のような。あるいは、いったん融けてまた凍った氷というところか」

「爆発の性質は？」これはヴェーダラだ。

「おそらく、構造物全体を駆けぬけた衝撃波ではないかな」

ヴェーダラは腰の大型ポーチから薄いデジタルカメラを取りだし、慎重に死体のまわりを移動しながら、さまざまな角度から現場写真を撮影した。撮影がおわると、ブーツの爪先で死体の肉をぐっと押した。死体はゼラチンのようにぷるぷると震えたが、ひっくり返りはしなかった。

「気をつけて、ニディ」ストーンは思わず、警告の声をかけた。「それがなんだか、正体がわからないんだから」

ヴェーダラはカメラをしまいこみ、死体のそばにひざをついた。手袋をはめた手を死体の頬の下につっこんで、そっと力を加え、顔を横に向けさせる。それまで隠れていた顔が見えるようになった。

ここでやっと、ストーンは自分が息をとめていたことに気がついた。ためていた息をふうっと吐きだす。

「人間ね」ヴェーダラがいった。「感染でひどく融けているけれど。鼻孔を見て」

鼻孔と口のまわりには灰緑色の灰がこびりついていた。頬には金属質の六角形群が浮かびあがっている。その胸と首は床に融合しており、顔の皮膚をグロテスクに引っぱっていた。

「ポン、サンプル採取を」ヴェーダラは指示し、横に向けさせていた死体の頭を放した。死体の顔はふたたび床に沈んだ。「そのあとで、すでに採取したサンプルとくらべてみましょう」

「これは先住民ではないな」ヴェーダラが立ちあがるのに手を貸しながら、オディアンボがいった。「この人間は白色人種《コーカソイド》の男性だ。いや、だった、というべきか。この距離まで近づくと、なにかを着ていた形跡も見てとれる……なんらかの実験着か制服のようだ。繊維が皮膚に癒着してしまっているが」

「それ、身分票の一部じゃないか？」ストーンがヘッドランプで一カ所を照らした。「名前はほぼ消えている。はっきりわかるのは番号だけで」

消え残っていた部分にはこうあった。

〝▒ク▒バ▒クシュタイン　#23402582〟

ヴェーダラはふたたびカメラを取りだし、身分票の写真を撮った。それから、ヘッドランプを死体の奥の、黒々とした空間に向けた。

「この空間から這い出てきたにちがいないわね」

そういって、死体をまたぎ越える。

「あわてるな、ニディ」ストーンは呼びとめた。「まずはドローンを先行させよう。その向こうになにが待っているのかわからない」

ストーンは急いでヴェーダラを追いかけた。オディアンボもすぐうしろにつづく。ドローンの群れがローター音のうなりをあげ、一行を追い越して進みだした。ポン・ウーは、いったんその場にとどまり、死体の白い肉からサンプルを掻きとると、じっと動かない死体をしばし見つめてから、ようやく立ちあがって、ほかの者たちのあとを追いかけた。

チームのだれも、暗闇にしゃがみこみ、自分たちを見つめている少年には気づかなかった。

「とまって」ヴェーダラがいった。「これは……大きいわね」

ヴェーダラの声の反響ぶりからしても、そこが広大な空間であることは明らかだった。〈カナリア〉の群れが無窮の虚無を調べに散らばっていく。チームは入口付近にとどまり、ストーンとタブレットのまわりに集まった。画面に映っているのは、各〈カナリア〉のスポットライトが照らしだす各所の光景だ。それは慄然とする光景だった。だれも口をきかない。ときおりストーンが画面表示をレーザー距離計の画面に切り替え、巨大な部屋の構造を確認する。もっとも、構造がわかったところで、恐怖がやわらぎはしなかったが。

というのも、ここには死体が散らばっていたからである。

トンネルの奥に延びていた細い通路——あれをたどってきた先にあったのは、この広大な空間だった。天井がおそろしく高い。床にはさまざまなものが散らばっている。角《かど》の鋭い金属片、割れた石、そして……いくつかの人間の死体。ぼんやりとしか見えないが、一角の壁ぎわには三基、突起のある円筒状の機械がならんでいた。各円筒は基部に赤い非常ランプを点灯させており、かすかに聞きとれるうなりを発している。列の端——一行から見て手前の端には、四基めの円筒の残骸があった。黒焦げになり、ずたずたに裂けていて、いまにも倒れそうにかたむいている。

「あの機械……なんだろう？」ストーンが問いかけた。「醸造所の発酵槽みたいな形だが」

「ビールを醸造していたわけじゃないさ。あれはタービンだ」答えたのはオディアンボだった。

「予想どおり、水力発電機があったわけだな。上のダムから流れこんでくる湖の水で、あのタービンをまわして発電していたんだ。ところが、いちばん手前のタービンが爆発し、通路を通じて爆風が噴きだした」

タービンの上に舞う〈カナリア〉のうちの数機が、壁ぎわにならぶ二基の背の高いキャビネットに近づいた。金属筐体《きょうたい》の色はベージュで、その表面にはダイヤルや制御装置がついていた。

「これは制御パネルだ」オディアンボがいった。「シンプルなタービンにはシンプルな制御装置を。ここに設置されているのは、小型のマイクロ水力発電機だよ。この手の発電機は、いわゆる第三世界じゅうで使われている。アフガニスタンからエチオピアにいたる各国でね。一基あたり二万ドルで、百戸の村全体の照明、冷蔵庫、水の浄化装置の電力をまかなえる。もちろん、テレビのぶんも」

最後の例をあげるとき、オディアンボは残念そうな笑みを浮かべた。

「あのタービンまでいってみましょう」ヴェーダラがいった。「ただし、慎重に」

四人はひとかたまりになってタービンまで歩いていった。制御パネルのそばには大きな金属製のデスクがあり、その上にひとつの死体がつっぷしていた。死体の背中には破片のひとつが突き刺さっており、デスクとキャビネットには乾いた血飛沫《ちしぶき》の跡が残っている。

「不思議ね」ヴェーダラがいった。「この死体には感染の跡がない。死因は刺傷《ししょう》と失血のよう」

「足もとを見てみるといい」ウーがいった。

死体のブーツは特異体の床と融合しており、足首まで埋もれていた。

「この部屋全体が流砂になったかのようだ」室内を見まわしながら、ウーがいった。

ヴェーダラはウーの腕に、力づけるように手をかけて、べがつけばいいけれど」

「死体の数を数えなくてはならないわ」といった。「この人たちが何者でどこからきたのか、調べがつけばいいけれど」

それから数分間、チームは部屋じゅうに散らばる死体を調べてまわった。死体はぜんぶで六つあった。立ったままにせよ、横たわっているにせよ、ほとんどの死体が特異体に融けこんでおり、衣服や備品が皮膚と融合していた。そしてどの死体も、肌に六角形の金属質の被覆が生じていた。ちょうど窓ガラスをおおう霜のように。

最悪なのは、日用品までもが変容した人体の一部と化していることだった。ある女性の額からはペンが生えていた。ふたつの死体は部分的にくっつきあっていた。服地と頭髪が日常的なオフィス家具に融けこんでいる死体もあった。

構内は破片と器物に融合した人体の墓場と化しており、どの死体も識別は不可能な状態だった。

この惨状を作りだしたものは、四基めのタービンの爆発にちがいない。爆発したタービンの、ずたずたに裂けた金属筐体のまわりには、暗い灰緑色の灰の山が盛りあがっていた。爆発は床の一部を蒸発させ、深いクレーターをうがち、加熱されて高温になった破片が放射状に飛び散って、壁面に溝や掻き傷を抉《えぐ》ったのだろう。

まだ残っている三基のタービンは、いまもうなりを発している。だが、その音にかき消されることなく、別の音も聞こえていた。足の下から響く、遠い水音の轟《とどろ》きだ。

オディアンボがいつものように、声に出して仮説を説明しだした。手には新たに発光させたケミカルライトのスティックを持っている。あちこちを歩きまわり、調べてまわりながら、手ぶりを交えてしゃべる老科学者のまわりにエメラルド・グリーンの蛍光が躍り、それがまるで鬼火のように見える。

「四基めのタービンで、なにか異常が起こった。その結果、爆発した。その爆発により、ここにいた人間たちは死んだが、その衝撃波は特異体の構成材であるＡＳ‐３材質に大量のエネルギーを供給した。それが引き金となって、ＡＳ‐３は手近にあるものを燃料に使い、自己複製を開始した。非有機的物質だけでなく……有機的物質も——つまり生物も燃料にしたんだ」

ポン・ウーは、部屋の中央で凍りついたように立ちつくし、表情を欠いた目でドローンを見つめていた。その内心の動揺は、下唇を噛んでいることにしか表われていない。ほかの者たちは構内に散らばっているため、ウーに対してだけでなく、たがいにも注意を向けておらず、彼女の表情には気づいていなかった。

ここでヴェーダラが、広々とした空間に声を反響させ、オディアンボの仮説を補足した。

「つまりＡＳ‐３は、純粋なエネルギー変換能力を持つということね。驚くにはあたらないわ。既知の二種類のＡＳは、エネルギーを与えられれば自己複製できるのだから。オリジナルのワイルドファイア施設が核爆弾で自爆していたら、アンドロメダは広域に拡散されて、世界は破滅していたでしょう。わたしたちがいま見ているのは、その極小バージョンよ」

「せめてもの救いは、ここの爆発によるエネルギー供給が一時的なものだったことだな」オディアンボがいった。「爆発がさらにつづいていたら、ここの死体はすっかり特異体に取りこまれてしまっていただろう。かわりに死体は、半分がた……食われただけですんだ。トンネルに倒れていた不幸な男の場合、すくなくとも一、二分は逃げようとする余裕があったらしい」

　オディアンボは部屋の入口をふりかえり、ことばをつづけた。

「あのトンネルは屋外に通じている。あれが天然の煙突の役割を果たして、ここに充満する煙を濃縮させ、密林に吐きだした。それにより、マシャード族、および付近に棲息《せいそく》するあらゆる動物は感染した。彼らの場合、死ぬまでにかかった時間はここの者たちよりも長かったわけだがね」

「さっきから、もっと大きな〝絵〟には触れずにいるみたいだが」ストーンがいった。「ここに人間がいたということは、これがたまたま成立した地球外の構造物じゃないことを意味している。これは建築物にまちがいない。それも、人間が築いたものだ。なんらかの目的のために」

　構内に静寂が降りた。

　ややあって、ヴェーダラがいった。

「ストーンのいうとおりだわ。みんな、その含みがわかっている？」

　長年、教授職を務めてきたため、修辞的な問いかけは彼女の習い性になっている。

「何者かがアンドロメダ因子の利用法を考えついたということよ」だれの答えも待つことなく、ヴェーダラは先をつづけた。「その何者かは、微粒子を逆行解析《リバース・エンジニアリング》して、この構造物を建造したんだわ。そして、この場所を設計した目的がなんであれ、その何者かはすくなくとも、ここを運用するために、高度に熟練した作業員を何人か必要としていた……」

　オディアンボが肯定した。

「そのとおりだろうな。この構造物の大半は、われわれが目撃した〝有糸分裂〟現象で成長したにちがいない。しかし、それだけでは複雑すぎて造れないパーツもある。たとえば――」そういいながら、ケミカルライトを使い、破裂してめくれあがった金属筐体を指し示して、「――タービンだ」

「驚くべきことね」ヴェーダラは考えこんだ顔になっていた。「この巨大な構造物全体が、おそらくスタート時においては、リバース・エンジニアリングされた塵ほどのサイズのアンドロメダ材料だったはずよ。それには成長せよとの指示と、手近のものをかたはしから燃料にして自己複製する能力が組みこまれていた――。ここにあるタービンその他の機器のサイズなら、密林に空中投下することもできたでしょう。あとは設置する基幹要員を送りこむだけ。この人数であれば、ヘリコプター一機で運びこめるわね」

このときストーンは、鼻と口を防毒マスクでしっかりとおおい、焼け焦げたタービンの筐体にかがみこんで、じっくり観察していた。タービン周辺の床は一部が爆発で消失し、残骸を囲いこむようにして、腰の深さまであるクレーターを形成している。タービンの残骸が残るのはクレーターの中心だ。冷蔵庫ほどの大きさの、焼け焦げた円筒形の筐体には、いまなお無事な部分もあり、その下からはゴボゴボという水音が聞こえていた。

ストーンは立ちあがり、ケーブルや電線はないかと壁面を見まわして、

「ひとつ問題がある」といった。「このタービンで作られた電気は、送電できなければ使い道がない。ここにある送電施設は小型のものだ。すべての設備が空中投下されたとすれば、小型な点には納得がいく。しかし、もっと大型の変圧器がないと、どこへ送るにしても、せっかく作った

電気が減衰してしまう」

「ただし、送電先がそう遠くないなら話はべつだろう」

オディアンボの声がいった。いつのまにかそばにきていたらしい。オディアンボはそういいながら、ケミカルライトでクレーターの一カ所を指し示した。そこに見えたのは、焼け焦げた太いケーブルの束だった。ケーブルの束は、破壊されたタービンの露出した内部につながっており、そこからさらに、床を構成する黒い材質の中へ消えている。

部屋の反対側では、ウーが片手に長い紙を持っていた。張り紙のようだが、途中でちぎれているうえ、縁《ふち》が焼けた状態だ。ウーの顔にはなんの表情も浮かんでいない。

「それはなに、ポン？」ヴェーダラがたずねた。

ウーは長い紙の一部をかかげてみせた。そこにはこうあった。


〝グリュクヴンシュ・ツー・アイナー・グート――〟


「ドイツ語だ」とウーはいった。その声には恐怖がにじんでいた。「〝立派な仕事をなしとげたことを祝し――〟……ここにいるのは、ただの建設作業員だったんだ。そして、作業員たちは祝っていた(註11)」

オディアンボがストーンに顔を向け、不安の面持ちでいった。

「とすると、この発電所は完成しているということか。では、作られた電力はどこへいく？」

「さあてね」とストーンは答えた。「〈カナリア〉が作ったマップはこの部屋どまりだ。この構造物はぼくが見てきた中でもっともシンプルな作りをしている。要するに、ただの大きな塊なんだよ。一本のトンネルが入口からまっすぐ奥に延びてきて、途中で細い通路になり、このタービン室に通じている。それだけだ。ドアさえない」

「成長する構造物にドアなどは無意味だろう」オディアンボがいった。「ここには全体を均質に構成する有機的材質以外のものはほとんどないんだ。あるのはこの機器くらいでね。とはいえ、なんの理由もなく、これらがここにあるはずはない。電力はどこかへ送られている。すまないが、友よ、きみのコンパスを貸してくれないか」

ストーンはいわれたとおりにした。

長身で痩せぎすの老科学者は、残っている無事なタービンの一基に歩みより、コンパスを床に近づけ、前後左右に動かしだした。その目はじっとコンパスの針を見つめている。

その針がぴくりと振れた瞬間、動きをとめた。

オディアンボはコンパスを見ながら、こんどは室内を歩きまわりだした。電流は磁場を作る。老科学者はそれを利用して、磁場から電流をたどろうとしていたのである。コンパスの針が振れる方向をたよりに、オディアンボは電気の流れをとらえ、部屋の反対側へと走る電線を発見し、それをたどりだした。

「電流はこちらに流れている。〈カナリア〉のマップによれば、ここは入口から一キロほど奥だ。下り勾配を考えれば、ここは川面《かわも》よりもずっと深い。ここの変圧器ではごく短い距離しか電気を送れないといっていたな？　そして、この方向へ進んでいけば……」

「湖の真下に出る」ストーンがあとを受けた。「妙だな」

臆することなく、オディアンボは着実に電線をたどっていった。電線の先は黒い壁に潜りこんでいた。オディアンボは眉根を寄せて立ちどまった。

「理解に苦しむね」〈カナリア〉ドローンの群れに煌々《こうこう》と照らされながら、オディアンボはいった。「電気はこの方向に流れている。すくなくとも、なんらかの導管か、メンテナンス用の通路があるはずだ。しかし、そんなものはどこにも見当たらない」

ストーンはあらためて、首にかけたタブレットをチェックした。親指で画面をスワイプして、〈カナリア〉のカメラ機能をレーザー距離測定機能に切り替える。各ドローンの中央下部で回転するミラーから近赤外光の見えないビームが投射され、広大な構内を走査していった。部屋全体の構造が徐々に把握されていく。

やがて画面上に、壁面と床の表面の凹凸が詳細に表示されはじめた。いくつものパターンや突起に混じって、人の形をしたアウトラインが映っている。これはハラルド・オディアンボだ。そして、オディアンボのシルエットの足の下に、すっかり見慣れた六角形を構成するラインが見えた。

註11　のちに作業員らの遺留品を法鑑定したところ、ドイツ人の経営する独立水力発電企業にたどりついた。この企業はメキシコシティに本拠を置き、海外の送電網範囲外地域で活動することで知られている。しかし、作業員に行方不明者が出たとの報告はない。

「ハラルド、足もとを見てくれ」

画面のシルエットが下を見た。

「なにも見えないぞ……いや、待った。うっすらと極細の筋がある。しかし、線はほかにもあるな」

ストーンは手にしていたタブレットを胸にもどした。画面がひとりでに消えた。すでにストーンはオディアンボのほうへ歩きだしている。近よってみると、かろうじてそれとわかる筋が床に見えた。幅が一ミリとない筋は、ふたつの細長い四角を形成している。さいわい、それがなにかはすぐにわかった。

蝶番《ちょうつがい》だ。

30　闘争か逃走か

「いっただろう」オディアンボがほほえんだ。「電気の導管かなにかがどこかに通じているはずだと。そうでなければダムの存在意義がない」

オディアンボが細い溝にシャベルを差しこみ、六角形のハッチをこじあけた。上に引っぱり、完全に開く。ハッチの下に現われたのは暗黒の縦坑《たてあな》だった。中を覗きこむと、ヘッドランプの光を反射するものがある。下へつづく金属ばしごのようだ。六角柱状の縦坑はまっすぐ下に伸び、闇の深みに消えていた。

「異種知性起源説の信奉者なら、もっと動揺するかと思ったよ」手の平に〈カナリア〉の一機を乗せ、縦坑を覗きこみながら、ストーンがいった。「ともあれ、これでここが異種知性の造った構造物ではないことがわかったわけだ」

「ん、いやいや」オディアンボはかぶりをふった。「その点はまだなんともいえないな。むしろ、前にも増して、この構造物が異種知性起源のものではないかという思いが強くなってきている。

人間が関与していようといまいとだ」

これはジョークだろうかとストーンは思い、オディアンボをまじまじと見つめた。どうやら、ジョークではなさそうだ。ストーンは肩をすくめ、発光するドローンの下から手を引っこめた。ドローンはつかのま、その場に浮かんでいたが、すぐに縦坑の中へゆっくりと降下しだした。ほかの〈カナリア〉たちは上に残り、この部屋の——発電室の——調査をつづけている。

「ま、もうじきわかるさ」とストーンはいった。

そのとき——突如として、どこかのスピーカーからかんだかい音がほとばしった。一同はぎょっとして動きをとめた。だれよりも激しい反応を示したのはポン・ウーだった。びくっとして悲鳴をあげ、目に見えて動揺し、防毒マスクをしっかりと顔に押しつけたのだ。調査をつづければつづけるほど、彼女の緊張は高まるいっぽうで、いまでは左目の下に顔面痙攣《けいれん》が起きるまでになっている。何年にもわたって感情を司《つかさど》ってきたものの、この任務とその裏に秘められた秘密の重みで、それが破綻《はたん》しつつあったのだろう。

音の源をたどってみると、血痕にまみれた制御パネルのベージュに塗装された表面に、四角い小型スピーカーが埋めこまれていて、それが最大音量で警報を発していることがわかった。

「よく聞いて」だしぬけに、スピーカーから割れがちの声が流れ出た。「これが聞こえているかどうかはわからない。けれど、わたしの見積もりが正しければ、あなたがたはもう発電室にたどりついているはずね。もしもそうなら、たいしたものだわ、ニディ」

チームの者たちは、信じられないという顔でたがいを見交わしあった。

「これは……ソフィー・クラインの声じゃないか？」ストーンがいった。

ヴェーダラにはうなずくことしかできなかった。

「ここで起こったことは事故だったの。人的被害が出るはずではなかったのよ」

ノイズで聞きとりにくくはあったが、クラインのことばは室内にこだました。ストーンとオディアンボも、開いたハッチのまわりにバックパックと装備一式を残し、デスクの前に立つヴェーダラのもとへやってきた。

ポン・ウーは室内をいったりきたりしだしている。そして、歩きながら、

「だめだ」といった。「だめだ、だめだ、だめだ。これはまずい。ここの連中はあの女が使っていたんだ」

ヴェーダラはそのことばを聞きとがめ、ウーに顔を向けてこう思った。

（使っていた？）

スピーカーを通じて、クラインの独白はつづいた。

「わたしがしたことの説明はとうていできないわ。わたしの動機を説明したとしても、理解してはもらえないでしょう。ただ、これだけは知っておいてほしいの……これは全人類のためになることなのよ」

ウーが暗然とした顔で周囲を見まわし、

「早くここを出なくては」といった。「あの女はわれわれの味方ではない。あの女は危険だ」

部屋を出ていこうとして、向きを変え——そのとたん、小柄な人間にぶつかった。相手はいま

まで、うなりをあげるタービンの裏の暗がりに潜んでいたらしい。床に転がったその人間は――トゥパンだった。着ているおとな用のTシャツがだぶついて、なんとなく〝お化け〟のようにも見える。何者かに攻撃されたと思いこんだウーは、ブーツで相手を踏みつけようとした。が、少年はすかさず身をひねり、借り物の山刀《マシェッテ》を音高く床に引きずって逃げ、やや離れたところまで敏捷《びんしょう》に床を這っていくと、そこでようやく立ちあがった。少年の姿が数機の〈カナリア〉のLED光に浮かびあがる。胸が大きく起伏していた。

「トゥパン！」少年のひょろりと痩せた姿に気づき、ストーンが叫んだ。

ウーは立ったままトゥパンを見つめている。ストーンは急いで駆けより、両手で少年を抱きしめ、声をかけた。

「だいじょうぶだったか？　しかし、こんなとこでなにをしている？」

「ジャーメイズ」少年はにっと笑った。彼なりの発音で、〝ジェイムズ〟といったのだ。

「いったいだろう、外に出なくてはだめだ」ウーが声を荒らげた。「いますぐに。全員がだ」

元戦闘員はすでに、クラインのことばの不吉な含みを察しているようだった。おりしも、クラインのことばがつづいた。かすかに間延びしたそのことばは、構内に大きく反響し、一語一語がたがいに響きあいながら、雨のように上から降りそそいできた。

「以前、撤退するよう警告したわね。全員に警告したはずよ。憶えているでしょう？」

ウーはその場で円を描くように動き、チームの者たち全員を見た。防毒マスクの大きなノーズカップの上で、目が大きく見開かれている。

「あの女、すでにいちど、われわれを殺そうとした。そしてまた、もういちど殺そうとしている。早く脱出しなくては。いますぐに」

　ヴェーダラが両の手の平を前につきだし、ウーをなだめようとした。

「殺すなんてむりよ。ソフィーは軌道上にいるんだもの。それより、ここに残って――」

　その瞬間、壊れたタービンがふたたび始動しようとして動きだした。

　事故で爆発したあと、黒焦げになったタービンの残骸は、安全機構によって自動的に停止したはずだ。ところが、その安全機構がいま、遠隔操作で乗っとられたらしい。不気味な振動が床を走りぬけていく。

「さようなら、みんな」おだやかな声がスピーカーから別れを告げた。

　その声は、前よりもいっそう聞きとりにくくなっている。壊れたタービンのマウントに過電流が流れこみ、バリバリというノイズに埋もれだす。同時に、タービンの燃え残っていた羽根車が融けはじめた。

　たちまち、筐体からもくもくと黒煙の柱が噴きあがった。ただの煙ではない。有毒微粒子の煙だ。

「防毒マスクをしっかり押さえて！」

　ヴェーダラは叫び、床のハッチを囲んで置いてあるバックパックの山に向かった。オディアンボ、ストーン、トゥパンもあとにつづく。ウーは脚が笑っていて、動くに動けず、ほかの者たちに絶望の目を向けた。

「きなさい、ポン！」ヴェーダラが差し招く。

わななく脚で立ったまま、ウーは軍人の本能から、この部屋を出るもっとも確実な出口に目を向けた。唯一確実な出口は、広大な部屋を横切った壁面にある。しかしあそこへは、絶叫をあげるタービンの残骸が吐きだす、濃密な毒煙をつっきっていかねばならない。ぎりぎりのところだが、なんとかたどりつけるだろうとウーは判断した。チームの中で、ここを脱出し、助けを呼びに——あるいは、チームメイトの死体の回収を依頼しに——いける者がいるとしたら、それは自分だけだ。

唯一の光明は、ここを脱することにある。

「やめなさい！」自分のバックパックを開いたハッチの下に蹴りこみながら、ヴェーダラはウーに叫んだ。「全員、いっしょでなくては！」

防毒マスクでくぐもった声で、オディアンボが怒鳴った。

「早く、ハッチの中へ！」

黒い毒煙はすでに、禍々《まがまが》しい柱となって天井に立ち昇り、付近を飛ぶ〈カナリア〉ドローンの何機かを呑みこんでいる。ウーが黒曜石のような煙の柱を迂回し、そろそろと歩きだした。駆けださないのは、まだ脚がいうことをきかないからだ。最初の振動が走りぬけて以来、床はスポンジのように柔らかくなっており、動きづらいせいもある。

ストーンとトゥパンは早くも縦坑に入り、金属ばしごをつたって未知の空間へ降りていこうとしていた。老齢で動きの鈍いオディアンボも、驚くほどの器用さであとにつづく。ヴェーダラも縦坑に入りはしたが、入口付近で動きをとめ、ウーの姿を目で追った。

ウーはさらに遠くまで移動していた。

おりしも、有毒微粒子の黒煙が崩れだした。煙の波が部屋を横切り、ハッチに押しよせてくる。ウーは出口を見すえたまま、なおも歩いていた。

「だめよ！」ヴェーダラは叫んだ。

そのとたん、ポン・ウーはわれに返ったようにだっと駆けだした。両手を大きくふり、ひざまで床をおおう毒煙の海を突っきっていく。だが、数歩走ったところでよろめき、反動で防毒マスクがはずれ、首にぶらさがり、胸の上ではずんだ。それでもウーは、トンネルへの出口をめざし、まっしぐらに駆けていく。息をとめるべく、唇を固く閉ざして。

「だめ！」ヴェーダラはつぶやいた。

そして、縦坑のさらに深みへ降りた。いまはもう、目から上だけを床の上に突きだしている。指はしっかりと金属ばしごの横棒を握りしめた状態だ。煙の寄せ波がうねりながら押しよせてくる。オディアンボが放りだしていったケミカルライトのスティックが、黒煙に閉ざされたあとでもなお、くすんだネオン・グリーンに光っているのが見えた。それは嵐雲《らんうん》の中で閃く、この世のものならぬ雷のようだった。

そのとき、ウーがつまずき、黒煙の中に倒れこんだ。

すぐさま、両手をついて起きあがったが、前が見えないのか、手さぐりするような動きになっている。そこでふたたび、黒煙の中にくずおれ、姿が見えなくなった。

ヴェーダラはハッチの縁をつかみ、頭の上で支えつつ、床の上に目を突きだしたまま、もうすこしだけ待った。ウーが倒れた位置から目が離せない。方向感覚を失ってさまよう〈カナリア〉たちがあちこちに向けるLEDライトに照らされて、そのあたりになにか動きが見える気がする。

つぎの瞬間、恐ろしい光景が目に飛びこんできた。

みたび、ウーのからだが現われたのだ。立ちあがり、また倒れ、這い進みだす。だが、感染は急速に進んでおり、粘膜から体内に侵入したのち、肺の中で増殖しつつあった。信じられないことに、その状態でなお、ウーは絶えだえながらも息をしており、悲痛な叫びを——苦悶《くもん》の叫びをほとばしらせた。

うねる黒煙の波濤《はとう》は、もはやヴェーダラの目前にまで迫っている。やむなく、ハッチを閉めた。そのハッチの上を、有毒物質の雲が寄せ波のように勢いよくおおいつくした。

まだ発電機は機能していたが、発電施設の構内には、金切り声をあげて荒れ狂う有毒の灰の嵐が吹き荒れている。室内の空間はほんのすこしもあますところなく、微粒子の黒い雲が充満している状態だ。地下の小規模発電所はいまや地獄と化しており、破損したタービンが揺れて大きく震えるたびに、裂けた金属の発する悲鳴がこだました。迷走する〈カナリア〉ドローンたちは、黒煙に光を減衰させられながらも、あちこちにLEDライトのビームを向け、いまなおカメラで撮影した映像を送信しつづけている。

飛びまわるドローンたちの下で、ポン・ウーはまだ生きていた。

アンドロメダの感染により、気道が封じられていくのがわかった。のどの奥を紙やすりで削られているかのようだ。それでもウーは、這うのをやめなかった。両ひざと両の前腕が、軟化した床にわずかな窪《くぼ》みを残していく。衣服は分解し、もはや皮膚に融合していたが、痛みは感じない。この時点で、ウーはすっかり憔悴《しょうすい》しきっていた。じっさい、顔を床に埋《うず》めて横たわり、そのまま眠りこんでしまいたかった。

そのとたん——真上から射してくる一条の光が注意を引いた。ついに力つき、床につっぷして、それ以上先に進めなくなると、ウーは最後の力をふりしぼり、からだを横にひねって、あおむけになった。真上を見すえる。すでに髪の毛は特異体に融合し、黒い床に融けこんだ黒い糸と化している。

真上には、舞い狂う灰の嵐の中、ひとすじの白い光が輝いていた。

その光が近づいてくる。明るさを増しながら降りてくる。天使を思わせる光の降臨にともなって、かすかなうなりのような音が耳をくすぐり、ほのかな熱い風がそっと頬をなでた。やっとのことで、ウーは気がついた。これは〈カナリア〉ドローンだ。バランスを崩してふらふらと飛んでいるのは、表面に金属的な生成物が層をなしているからだろう。とうとう空中でひっくり返り、機体がまっすぐ落ちてきて、床に激突した。ウーの顔のすぐ横だった。

ここにいたって、最後の最後に、ウーは自分の任務を思いだした。

〈カナリア〉のほうへ首を曲げ、かすれた声で、できるだけはっきりと声を絞りだす。そして、感染が進んでのどを閉鎖し、血管を塞ぐあいだにも、ウーはずっとしゃべりつづけた。からだが柔らかな特異体のひだに沈みこんでいくのもかまわず、必死にしゃべりつづけた。そうやって、金属質の小片が散らばる唇を舐《な》めながら、最後の告白を行なった。

「アンドロメダ因子は……」ウーはきれぎれのかすれ声でいった。「……いたるところにある。あらゆる惑星状天体にある。火星にも。各惑星をめぐる月にも。小惑星にも」

密封されたハッチの下、闇につづく縦坑の中で、生き残ったフィールド・チームは、ストーンのタブレットを通じ、〈カナリア〉から中継されてくる最後のメッセージに耳をかたむけた。闇の中なので、ヴェーダラの目からあふれだし、熱い条《すじ》を引いて防毒マスクの縁を流れ落ちていく涙は、だれの目にも見えていない。ストーンはトゥパンの骨が浮き出た肩をしっかりと抱きしめている。オディアンボは目をつむり、祈っているかのようにこうべをたれていた。

「われわれは……糊塗《こと》してきた。NASAも、JAXAも、CINGも」歯を食いしばり、必死に声を絞りだす。「クラインは……正しかった。アンドロメダはたまたま地球にいるのではない。送りこまれてきたんだ。あれは生命の誕生を待っていた。そして、ずっと探していた――長い長いあいだ……」

31　非常事態

一九九八年に運用が開始されて以来、国際宇宙ステーション《ISS》は世界でもっとも強力な国家間の、平和と科学面での協調関係を象徴するものでありつづけた。いわゆる超大国同士には、しばしば利益の抵触があったものの、長年にわたり、ＩＳＳに詰めてきたおおぜいの宇宙飛行士のあいだには、仲間意識が醸成された。宇宙飛行士たちは、共有するひとつの惑星上でともに働く世界市民の集まり——普遍的ファミリーを形成していたのである。そこに加わるのは、合衆国、ロシア、カナダ、日本、韓国、欧州連合、そのほか十を越える国々の、トップクラスの科学者やパイロットから選びぬかれた男女だった。

しかし、いま、暗黙の共通認識であったこの美点は——二十年以上にもわたり、絶えず拡張されてきた宇宙施設において、途切れることなく礼節を尽くされ、維持されてきたこの理想は——とうとう崩壊しようとしていた。

そのきっかけは、ソフィー・クライン博士の宣戦布告にある。

なにがクラインをこのような行動に踏みきらせたのか、その意思決定の過程については議論が多い。

ほとんどの研究者は、ＩＳＳが組みたてられたのが比較的純真な時期であり、友好と協調が前提にあったため、有効な安全装置が組みこまれていなかったからだと信じるようになっている。超大国同士がそのような協調関係を結ぶ時期は、今日《こんにち》の社会的、政治的、知的環境に鑑《かんが》みれば、もう二度とこないだろうとの説もある。

しかし、その後の調査と聞きとりで出されたのは、そういった懸念とは無縁の結論だった。現実に起こったことは、ほぼ確実に、特殊な志向を持つ過激な科学者の暴走であったと思われる。クラインの重度の病状を勘案すれば、もっとも鷹揚《おうよう》な判断でも、〝目論見《もくろみ》が成功する可能性はまずなかった〟という表現になるだろう。

彼女をして、ほぼスーパーヒューマンといえる状態に――けっしてくじけることなく、どうやっても止められない人物に鍛えあげたものは、長年におよぶ病気との闘いにほかならない。そしてそれゆえに、クラインの不屈の精神の核には、深い憤りが宿っていた。

クラインはその生涯において、自分の前に立ちはだかる壁を嫌悪してきた。思いどおりに動かない自分自身の肉体から、科学的進歩の限界――さらには、人類という種に安全装置を与える意図のもと、科学コミュニティが設けた知識上の制約に対してもだ。

クラインが科学の世界であげたさまざまな業績は、称賛に値するものではあったが、それはけっして、知識の新たなフロンティアを開拓しようとする前向きな欲求に基づくものではなかった。

むしろそれは、復讐のためだった。クラインはまたたく間に科学を修め、鯨飲《げいいん》するように吸収した。しかしそこには、一刻も早く科学を使いこなしたいとの意図があった。いわば、馬に乗りたいがために、馬を調教するようなものである。

最良の推測によれば、アンドロメダ因子が人類に対する攻撃手段だとクラインが確信したのは、三年前のことだった。

悲劇的だったのは、その時点からクラインがとった数々の隠密行動が、だれにも気づかれず、邪魔されもしなかったことである。アメリカの宇宙飛行士という特権的な立場がそれを可能にしたのだろう。

全体像が把握されにくいように知識を細分化しておくことは、防諜《ぼうちょう》上の要諦《ようてい》であり、あらゆる政府の情報伝達プロセスにおいて不可欠のものである。

だが、情報の透明性を欠いたがゆえに、現ワイルドファイア計画チームの中でアンドロメダ因《AS》子に関する真実を知っている者は、ソフィー・クラインとポン・ウーしかいない状態になってしまった。

その真実とはこうである。

オリジナルのＡＳ‐１は、スクープ衛星ミッションにより、地球の上層大気から回収された。その後の調査で、アンドロメダ因子は内太陽系のあらゆる岩石惑星や岩石天体に存在することが判明した。

たとえば、アポロ宇宙船が月面から採取してきた表土サンプルの一〇パーセントからは、微量のアンドロメダ因子が発見されている。(註12) また、ヴィルト第二彗星《すいせい》に接近したスターダスト宇宙探査機は、彗星の塵を採取して帰還し、サンプルのカプセルを地球に投下しており、カプセルの着陸自体は原因不明の失敗におわったものの、なんとか回収できたサンプルからは、やはり微粒子の反応が出ている。

アポロ計画は、人間の宇宙飛行士が宇宙からサンプルを持ち帰った唯一の例である。それに対してスターダスト計画は、専用の採取装置を組みこみ、遠隔操作を用いてサンプルリターンを成功させた代表例にあげられる。

他《た》の探査機による同様の試みはほかにもなされている。ごく最近では、日本の探査機はやぶさが、回転する歪《ゆが》んだ葉巻形の小惑星、25143イトカワに着陸した。そのさい、〈アンドロ〉と呼ばれる機能不明確なセンサーが特異な反応を検知し、データを送ってきている。より詳細な報告の末尾に付されたそのデータは、ごくひとにぎりの研究者と軍人にしか意味をなさないものだった。

要するにアンドロメダは、この太陽系じゅうにあまねく存在していたのである。

第一次ワイルドファイア計画の科学者たちがメッセンジャー理論を引きあいに出したのは正しかった。一九六二年の春、ジョン・R・サミュエルズによってはじめて提唱されたこの理論を簡単に要約するなら、〝星密度の薄い領域が大半を占める銀河系において、生命を発見する最良の方法は、目的地に到着した時点で自分のコピーを複製できる探査機を送りだし、以後、そこから他の星々にコピーを送りださせ、指数関数的に増殖させることである〟というものだ。

クラインはアンドロメダ微粒子のあらゆる側面を研究した。微粒子が真空中で増殖することも知っていた。何千年、何万年ものあいだ、老廃物を排出することなく、自己複製することも知っていた。アミノ酸は持たない。ということは、タンパク質、酵素、そのほか、〝生物を構築するのに必要な単位ブロック〟を持たないということだ。そして微粒子は、非生物的な結晶質構造におおわれている。

やがてクラインは、ひとつの結論に達した。

アンドロメダ因子は微生物ではない。これは厳密な意味で生きてはいない。この地球外微粒子は、じっさいには高度に複雑な機械なのにちがいない。

おそらくAS-1は〝探査機〟だったのだろう、とクラインは推測した。そこに組みこまれた行動は、他の恒星系まで旅し、みずからのコピーを複製し、ひたすら待つことだった。この数十万年間、微粒子がしてきたのは、ただそれだけである。そして、一九六七年二月八日、アリゾナ州ピードモント外縁の小さな家において、ついに引き金が引かれるときがきた。その日、アラン・ベネディクトという名の町医者が、回収してきたスクープ七号衛星のカプセルをこじあけるという愚かな決断を下したのである。

アンドロメダ因子は、このような形で解き放たれる瞬間を待っていたにちがいない。

註12　アポロ時代の移動式隔離施設の設計と建造には、アンドロメダに関する当局の極秘知識が必要とされた。これは月面ミッションから帰還する宇宙飛行士たちが新たな感染を引き起こさないようにするためだった。

ＡＳ－１は生物に感染し、そこで進化してＡＳ－２樹脂分解体《プラスティファージ》構造となった。そして、ワイルドファァイア研究所の地下深くから漏出し、大気中で増殖し、地球周回低軌道へ到達するうえで必須となる先進的なプラスティックを分解するようになった。

アンドロメダ因子はまず、生物を感知し、生物体の中で進化して、人類の宇宙進出をはばむ障壁となったのだ。

クラインの動機の背景にあったのはこれである。アンドロメダ因子もまた、彼女が人生で経験してきたさまざまな妨げ――自分の前に不当に立ちはだかる邪魔物のひとつだと彼女は見なした。アンドロメダ微粒子は敵対的意図のもとに設計され、生物の存在を感知したとき、その生物が惑星をめぐる軌道上に到達できないようにするものである、というのが彼女の見解だった。クラインの見るところ、それは障壁――人類という種を束縛し、星々に進出する正当な権利から遠ざけるための障壁にほかならない。

このことからクラインは、アンドロメダ微粒子を自分個人に対する侮辱ととらえた。

そして、どれほど多くの他の知的種族が惑星に閉じこめられているのだろうと考え、これこそフェルミのパラドックスへの答えだという結論に達した。フェルミのパラドックスとは、地球型の惑星は宇宙に何十億とあるのに、そこで発達したはずの知性種族がいまだに地球を訪れていないのはなぜなのか、という疑問に端を発したもので、一般に、〝みんなはどこに？〟という問いかけの形で表わされる。

なぜだれも地球にこないのか？　それは各種族がアンドロメダにより、それぞれの母星に閉じこめられているからだ。クラインはそのように想定した。

人類と異種知性との最初の接触は、友好的なものではなかった。それは先制攻撃だったにちがいない。

そこでソフィー・クラインは、反撃の準備に取りかかった。そして、敵の尖兵《せんぺい》を徹底的に研究しつくし、〈ワイルドファイア・マークⅣ〉実験棟モジュールで懸命に試行錯誤をつづけた結果、微粒子を操作して新たな構造を持たせることに成功した。そうしてできた新型アンドロメダを、旧来のアンドロメダにぶつける。人類の宇宙進出に立ちはだかる壁を、こんどこそ、決定的に破壊するために。それが彼女の計画だった。

その目的で、クラインはまず、〈レオナルド〉多目的補給モジュールに遠隔操作ステーションを移しハッチを閉じた。そして、両手に遠隔操作グローブをはめ、目の上にしっかりとヘッドマウント・ディスプレイをかけて、Ｒ３Ａ４人間型《ヒューマノイド》ロボットに宿る精神となり、躯体《くたい》の制御を行なった。脳《ブレイン》＝コンピュータ・インターフェイスでステーションにつなげば、思考の速さでコマンドを伝えることができる。

有人宇宙ステーションにおいて、バイオ《B》・セイフティ《S》・レベル《L》-5の研究施設を運用するのに必要な安全機構は、ステーション構造全体を支える低次も高次も含めた全制御インフラに対し、非常時アクセスするルート権限が必要になる。前代未聞のレベルでの、裏口《バックドア》制御体系が必要になるのだ。

17：24：11協定世界時《UTC》、当該研究モジュールから、封じこめ失敗の非常警報が出された。ドミノ倒しのように、以降、ＩＳＳの全サブシステムが制御を放棄した。通信、推進、生命維持を含むすべてのサブシステムがだ。ソフィー・クラインはかくも単純な手法で、国際宇宙ステーションの全管理権限を掌握したことになる。

　標準的非常時手順にしたがって、クラインはほかの二名のクルーメイトを〈ズヴェズダ〉サービス・モジュールへ退避させた。宇宙ステーション組立初期に基幹部分となった〈ズヴェズダ〉は自立型モジュールであり、ロシアとアメリカ双方のコンピュータ・システムを備える。モジュールの下部接続口には、プログレス無人貨物輸送船がドッキングしたままになっている。

　クラインはすでに、ステーションから外へ向けた無線通信をすべてブロックし、ミッション管制センターとの接続を切断のうえ、（註13）ステーション内Ｗｉ‐Ｆｉも切っていた。つぎにクラインは、ステーション内の行き来の要《かなめ》となる〈ユニティ〉第一結合部モジュールと、ロシア側モジュール〈ザーリャ〉とを接続する共通結合機構《コモン・バーシング・メカニズム》（ＣＢＭ）をロックした。この〈ザーリャ〉の下部にはミ《M》ニ・リ《R》サーチ・モ《M》ジュール‐１〈ラスヴェット〉が接続され、さらにその下には、クルー帰還用のソユーズ宇宙船がドッキングしている。

〈ズヴェズダ〉からは、この〈ザーリャ〉と〈ユニティ〉を経由しないと、ステーションの他の区画へはいけないので、これでふたりの宇宙飛行士を効果的に閉じこめたことになる。クラインは最後に、全生命維持システムを予備電源に切り替え、電力節約のため、ステーション内部の照明をすべて落とした。

　つづいて、太陽電池パドル・アレイで集められた電力を用いて、太陽光電気推進《ソーラー・エレクトリック・プロパルション》（ＳＥ

Ｐ）スラスターをふかし、ＩＳＳの軌道を押しあげる力を加えた。構造体全体に振動が走りぬけ、かんだかいうなりが響きだす。ＩＳＳにＧがかかり、軌道高度があがるにともなって、それまで自由落下状態にあったすべての物体が――宇宙飛行士自身も含めて――床方向に降下しだした。ヘッドマウント・ディスプレイを額にずりあげて、クラインはステーション内に張りめぐらされた閉回路のカメラと音声ネットワークを通じ、ロシア側のモジュールに閉じこめた――いまは〈ズヴェズダ〉にいる――ふたりの同僚宇宙飛行士に語りかけた。

「こちらソフィー・クライン博士。ここに非常事態を宣言し、ステーションのリソースを掌握する。この瞬間より非常事態が解除されるまで、あなたがたにはロシア側モジュールにとどまっていてもらいたい。外部と連絡をとろうとしてはならない。ロシア側モジュールから出ようとしてもならない。情報は必要に応じて提供する。しかし、当面、国際宇宙ステーションは封鎖する」

ユーリー・コマロフとジン・ハマナカの驚き顔がカメラを向いた。クラインは回線を切った。あとには黒い画面と痺《しび》れたような静寂だけが残った。

もちろん、クラインのクルーメイトたちは、ただちに彼女の命令に反する行動をとった。しかし、ＣＢＭがロックされているため、〈ズヴェズダ〉から〈ザーリャ〉に移動することはできても、そこから先へは出られない。通信設備も無効化されており、電力供給も最低限に抑えられて

註13　これは危険な意思決定である。地上のエキスパートたちはＩＳＳの日々のオペレーションについて、ほぼすべての側面をモニターしていたからだ。じっさい、ＩＳＳは無人でも完全に機能するし、滞在する宇宙飛行士がすくないほうが効率がよいことが記録されている。

いる。生命維持システムのライフラインは、アメリカ側とちがって、ステーションの外殻に這わせたものはないが、内部を通じてのライフラインはちゃんと生きているので、〈ユニティ〉とつながるハッチが開いていようといまいと、ロシア側モジュールにいる宇宙飛行士は問題なく生きていけるだろう。空気は充分に供給されるし、食料も水も潤沢にあり、排泄《はいせつ》機構もちゃんとある。ふたりの宇宙飛行士にできないのは、ロシア側モジュールの外に出ることと、外界と連絡をとることだけだ。

この状況にあって、ジン・ハマナカは機転をきかせ、ソユーズで送り返すためにこのモジュールへ移動させておいた光学実験装置から、高出力半導体レーザーを抜きとった。この半導体レーザーはクラス3Bに分類され、危険というほどではないにせよ、エメラルド・グリーンの強力なビームを放つ。ハマナカはバッテリー駆動レーザーの先端を〈ズヴェズダ〉モジュールの小さな丸窓のひとつにあてがい、そこから眼下に広がる地表に向けて照射した。

地表から頭上を通過する国際宇宙ステーションを観測しているアマチュア天文学者は、つねに数百人はいたと推定されている。一カ所から見えるのは、時間にして二分から六分ほどだ。赤道軌道への変更により、ただでさえISSは、天体観測者《スター・ゲイザー》ならぬステーション観測者《ゲイザー》の、小規模だが国際的なコミュニティで熱い注目を集めていた。

だが、〝制限速度・時速二万八〇〇〇キロ〟で天をよぎるはずのISSが、またもや予想もしない軌道を取りだしたことは、観測コミュニティに驚愕の波紋をもたらした。中米、南欧、中東の、とくに注意深いひとにぎりの観測者は、ISSが外部航行灯をつけずに移動していることに当惑したという。

そしてさらに、彼らは気づいた――〈ズヴェズダ〉モジュールの地球側舷窓《げんそう》で、まばゆい緑の光点が点滅していることに。そのひとにぎりの観測者のうち、海事で使われるモールス信号に親しんでいる者が半数以上はおり、その者たちは当然、その光点が表わすきわめて有名なメッセージを判読することができた。その明滅はこう告げていた――。

SOS

・・・―――・・・

32 トンネル

ポン・ウー少佐は、18：58：06協定世界時《UTC》、特異体の内部一キロの地点で、エアロゾル化したAS‐3微粒子に侵蝕され、死亡した。ニディ・ヴェーダラは、縦坑《たてあな》の金属ばしごを降りきったところで、声もなく涙を流した。同時に、その胸には怒りの火花がほとばしりつつあった。

心の目の中には、いまもポン・ウーの死にざまが焼きついている。ウーのなめらかでしわのない顔をおおう、きわめてこまかな模様、金属質の六角形が描く格子模様。ウーの苦悶の悲鳴は、ヴェーダラを強烈な嫌悪感と悲しみにおののかせた。そして、ヴェーダラはいま、尻に食いこむ冷たい金属ばしごの横棒でからだを支え、懸命に冷静さを取りもどし、呼吸をととのえようとしていた。

ヴェーダラのヘッドランプは、せまい縦坑の中でまばゆい光を放っている。だが、その光は気持ちが悪いほど均質な特異体の材質に呑みこまれ、ほぼ完全に吸収されていることに気づき、愕《がく》然《ぜん》とした。ふと前を見ると、ストーン、オディアンボ、トゥパン少年の顔が、心配そうに自分を見まもっている。

恐怖をにじませた三人の表情を見て、ヴェーダラは唐突に、自分がまだこの調査隊のリーダーであることを思いだした。自分たちのミッションは、まだまだ完了にはほど遠い。さまざまな意味で――と彼女は思った――ほんとうのミッションは、むしろはじまったばかりなのだ。まだ万全ではないながらも、ヴェーダラの声に自信と権威がもどってきた。

「オーケー。立てなおしましょう」

「ポンはどうする？」ストーンがきいた。「助かる見こみがすこしでもあるのなら――」

そのことばは、途中で尻すぼみに消えた。ヴェーダラの表情に気がついたのだ。それ以上つづけるかわりに、ストーンは手を伸ばし、ヴェーダラの肩をぐっとつかんで、

「すまない」といった。

一行が立っているのは、明かりのついていない新たなトンネルの入口だった。最初のトンネルと同じように、こちらも暗闇の中へまっすぐにつづいている。唯一ちがうのは、このトンネルが半分ほどのサイズしかなく、高さも幅も、一般的な通路と同様、二メートル弱しかないことか。そのせいで、ガラスのようになめらかな壁は圧迫感を感じさせる。ここの表面にもこれといった突起や特徴はなかったが、床のいっぽうの壁寄りに、丸みを帯びた金属の導管が走っていた。この奥にあるなにかに電力を供給しているのだ。

唯一残った〈カナリア〉は、空気中に浮かぶ有毒物質を検知していない。フィールド・チームは防毒マスクをはずして首にかけ、ドローンの衰えた光のもとで、声をひそめてしゃべった。オ

ディアンボが全員に携帯口糧《MRE》を配った。話をしながら、全員が機械的にそれを咀嚼した。トゥパンはグラノーラ・バーをかじりつつ、ドローンが通訳する内容に熱心に聞きいっている。ヴェーダラは、少年が意識せぬままに、ストーンの手を握っていることに気がついた。そうやって触れあうことで、ストーンも少年も安らぎを得ているらしい。

　ヴェーダラはいった。

「ポンはいっていたわね、アンドロメダ因子が太陽系じゅうに散在していると、しかしそれは、秘匿されていると。なによりもまず考えなくてはならないのは、ポンのいうことが真実なのかどうかよ」

　オディアンボが自分のあごに片手をあてがって、

「わたしは真実だと思うね」といった。「これまでに成功したサンプルリターン・ミッションは数えるほどしかない。採取できた場所は、月面、ヴィルト2と呼ばれる彗星、小惑星イトカワだ。それ以外の地球外物質の試料はすべて、自然に落ちてきた隕石《いんせき》から採取されたものだった。秘匿することは可能だろう」

「忘れちゃいけない」これはストーンが、「五十年以上前に行なわれて、すべての発端となった、大気上層の微粒子収集ミッションのことを」

「もちろん、スクープ計画でも収集されはした」オディアンボがいった。「しかし、あのときの収集量はごくわずかで、厳格に管理されていたからな。月面の表土からアンドロメダが発見されたことは充分に隠蔽可能だったろう。アンドロメダ探索のために送りだされた探査機が何機ももどってこなかったとしたら、データの移行過程においてアンドロメダの存在を隠すことはたやすい」

「いいかえれば、あなたはポンを信じるということね」ヴェーダラがいった。

「もちろん、信じるとも。あれは彼女の最後のことば、必死の思いで口にしたことば、そうとう苦しいなかで懸命に絞りだしたことばだ」

「彼女のことばが事実なら、アンドロメダ因子はメッセンジャー理論に適合する」ストーンがいった。「因子はあらゆるところに広まって、生命が出現するのを待っていた。であれば、あれの背後には知性が存在するにちがいない」

「ピードモント事件を基準に考えれば、それは敵対的な知性ということになるわね」

「ポンがパニックを起こしたのもむりはないな」これはオディアンボだ。「そのことを知っていた以上、われわれが大きな危険のただなかへ——敵対的な異種知性の構造物の中へ——足を踏みいれようとしていたこともわかっていただろうから」

「秘密を明かしたときには、もはや手遅れだったがね」ストーンがいった。

「でも、警告しようとしてはいたわ。わたしもちゃんと耳を貸すべきだった」ヴェーダラがいった。「そうすれば、もっと慎重に臨《のぞ》めたでしょうに」

「そんなことより、喫緊《きっきん》の問題がある」ストーンがいった。「クラインがぼくらを殺そうとしていて、当のぼくらはアンドロメダ構造物の内部一キロのところに埋もれているということだ」

「そして、クラインは軌道上にいて——わたしたちは地下にいる」ヴェーダラは歯を噛みしめた。

「クラインはわたしたちを死なせたがっているわ。わたしたちとしては、その理由をつきとめなくてはならない。けれど、当面、向かえる方向はひとつね」

オディアンボは長いあいだ黙っていたが、ここで床を走る金属の導管に目をもどした。

「この構造物が、偶然この場所にできたとは考えにくい。ここは完全に赤道直下であり、天宮一号の破片が墜落した場所でもある。しかも、川を完全に塞《ふさ》いでいて、水力発電を行なうのにぴったりの位置にある」

「するとあなたは、天宮一号の墜落位置が……」

「意図的に流されたフェイクだと考えている。いわば目くらましだ。ソフィー・クラインがほんとうの目的を隠すための。ある理由から、彼女にはISSをこの一帯上空を通過する軌道に移す必要があった——そうわたしは考える。そのために、〈天の宮殿〉がここに落ちたとする説を利用したのではないかな」

「そんなことがありうるかしら。クラインがほんとうにすべてを計画して、この特異体構造物全体をここに建造できたというの?」

「きみが自分でいったように、この構造物はスタート時点で、自己複製する塵ほどのサイズの材料だった」オディアンボは答えた。「ひとたび成長パターンのプログラムさえできてしまえば、土に種を蒔《ま》くも同然にたやすいことだっただろう。あとは充分な個人資産があって、私企業とのコネがあれば、どうにでもできたはずだ。この世でだれよりも過小評価しがたい人物だからね、彼女は」

「もっとも、この構造物のどこまでが意図どおりで、どこまでが恐ろしいミスによるものかは、まだわからないでしょう？」

「ひとつわかっているのは、クラインがぼくらをここにいさせたくはないということだ」ストーンがいった。「きたのが保護官《セルタニスタ》たちなら、特異体に気づきはしても、適切に調査するリソースも知識もない。彼女もそれを知っていた。しかし、ぼくらにはそれなりの知識がある。それを警戒しているんだと思う。顧みれば、ワイルドファイア計画が再始動したのは、ピードモント事件と同一の微粒子が野に放たれたことを〈永遠の不寝番〉が確認してからだ。そして、それが確認されたきっかけは、特異体の中で起きたタービン爆発という事故だった。クラインとしては、密林の中でひそかに工作を行なって、特異体を充分な大きさに成長させること――それが本来の目的だったんだろう」

「とすれば、先住民やサルへの侵蝕は、クラインの計画に含まれていなかったことになるわね」ヴェーダラがいった。「そして、クラインがここで行なっていること、あるいは行なおうとしていることは、もうコントロールできなくなってしまっている。この構造物が拡張しつづけるなら――あるいは、どこかの国がこの構造物に核爆弾を落とそうと決意すれば――ＡＳ‐３粒子は大増殖して、地球全体に広まってしまう」

「悪名高きシナリオＦだな」ストーンがいった。「惑星壊滅だよ」

ケニア人の地球外地質学者は、ここで壁の一面に手の平をあて、すぐにその手を引っこめた。手の平は結露で濡れていた。

「このトンネルを進めば湖の下に出る。この電力を使うものがなんであれ……それは水の下に隠されている」

そう考えるにつけ、チームの者たちの心に水の重圧がのしかかってきた。ストーンは思わず、何百トンもの水が地下に浸透し、小滴となり、緑がかった黒の壁から滲《し》みだすところを想像した。

トゥパンが爪先立ちになり、宙に浮いている〈カナリア〉にささやきかけた。ドローンが回転し、トゥパンにカメラを向けると、少年はすばやく、あるしぐさをした。それに応えて、ドローンがおとなの頭の高さに浮かびあがり、ジェイムズ・ストーンのほうに向いて、いかにもロボットらしい音声を使い、少年のことばを通訳した。

「早く、いこう」

ヴェーダラが上のハッチにつづく縦坑を警戒の目で見あげ、気密がたもたれているのを確認し、ほっとした顔になった。微粒子を含む煙はハッチの中に入ってきていない。あたりにただようのは湿った空気のにおいと、特異体の金属臭だけだ。

「いく、はやく」トゥパンがたどたどしい英語でいった。

そして、また同じしぐさをし、もういちど、切迫したようすでドローンにささやきかけた。

〈カナリア〉がそれを通訳した。

「ゴウゴウという音がする」

「ゴウゴウという音？」

オディアンボがさっと自分の口に指をあて、問い返すヴェーダラを制し、目をつむって天井をふりあおいだ。

耳をすます。

そして、いった。

「水だ――水がくる」

33　遠大な計画

　ソフィー・クライン博士は、地表で起きていることをあまり心配していなかった。最近の自分の行動がもたらす波紋は十二分に承知しているが、（つねに脳《ブレイン》＝コンピュータ・インターフェイスで計測されている）神経律動は、ふたたび８ヘルツないし12ヘルツの範囲に収まっている。つまり、アルファ波が出ている状態で、精神が落ちついているということだ。

　フィールド・チームのメンバーの生命は、もはや彼女の眼中にはない。

　あとほんの数分で、長年夢見てきた目標が達成されるのだから。クラインは家族を犠牲にし、個人的関係も犠牲にして、起きている時間のほぼすべてを、時間と（こちらのほうが重要だが）空間、その連続体におけるこの瞬間の達成に捧げてきた。そして、きょうはずっと、この最後の実験に没頭している。

　国際宇宙ステーション《ISS》は、なにものにも減速させられることなく、地球から離れる方向で時々刻々と加速をつづけていた。管制センターが驚愕したことに、ＩＳＳは本来の軌道から一万六〇

○○キロも遠くへ離れており、もはや地球側でなにをするにも手遅れだった。

いくら脳＝コンピュータ・インターフェイスで収集した詳細なデータで固めているとはいえ、ひとりの人間の真の精神構造まで完全に再構築することはできない。しかし、われわれにとってはなはださいわいなことに、完全に接続が絶たれる以前の、最後の瞬間におけるクラインの神経状態については、詳細な記録が残っている。クラインがしでかそうとしていたことに鑑みれば、それらのデータはすくなくとも検分するに値する。

高名な法心理学者、レイチェル・ピットマン博士は、ワシントン大学での研究において、研究熱心な科学者につきものの、ものごとに長期的な視野で臨むパターンを発見した。このパターンは、クライン本来の神経データとみごとに一致する。ピットマンが発見したのは、そうした科学者は満足遅延耐性《ディレイ・オブ・グラティフィケーション》（ＤＯＧ）の指数が——すぐには出ない結果を待つ耐性の指数が——非常に高いということだった。研究者というものは、努力の見返りを得られるまで、しばしば何年も待たねばならないからである。しかし、今回の危機に見られるクラインの思考過程は〝成果第一主義〟寄りに変化している。このモードにおいては、人は倫理的な禁忌を踏みにじってでも科学的成果を優先しがちになる。

見返りがずっと先であっても平気だからこそ——そこには、見返りが得られるまで時間を要する自分の仮説への、絶大な自信が表われている——クラインはそれまで大きな成果をあげてこられた。今回の事件における自分の行動がいかに恐ろしいものかを自覚できなかったのは、むしろそれゆえといえる。

だが、本稿の目的はクラインの擁護ではない。純然たる検証だ。

ＩＳＳの制御を掌握したのち、クラインは四十五分のあいだ、〈血流促進レギンス《カーディオフロー》〉を装着した。これは両脚にはいて着圧をかけ、滞留しがちな血液を全身に分散し、血液循環をうながすためのものである。微小重力下では、宇宙飛行士はしばしば頭に血液がたまりやすく、朦朧《もうろう》とすることが報告されている。この弾性レギンスで脚を締めつけることにより、全身の血液循環が向上し、思考も明晰《めいせき》になり、快適に過ごせるわけだ。しかし、あまり長く装着していると、こんどは意識喪失を引き起こし、最悪、死にいたる。

ともあれ、本件の場合、クラインは最後の実験を、きわめて快適に、思考の明晰な状態で完了することができた。ＩＳＳに乗り組んで以来、これほど良好な体調ははじめてだっただろう。内部カメラが記録した映像を見ると、頬は上気し、目はいきいきとして、鋭い眼光を放っている。汗ばんだ遠隔操作グローブをはめた手の指を曲げ伸ばしし、Ｒ３Ａ４をコントロールするとき、その顔に笑みが浮かんでいる場面も記録されている。

〈ワイルドファイア〉実験棟モジュールの窓のないポッドの中で、Ｒ３Ａ４の柔軟な外被におおわれた腕はつねに動きつづけていた。その詳細は極秘となっているが、実験記録の一部はのちに回収されている。

ロボットによる実験作業は、専用設計の安全キャビネットで行なわれていた。このキャビネットは、感染性病原体《エージェント》に暴露し、病原体との相互作用によって発生しうる生物災害《バイオハザード》を抑制するために設計されたものである。滅菌されたロボットは、人間の研究者には欠かせない、かさばる青い陽圧スーツやヘルメットはもちろんのこと、研究用手袋さえ装着する必要がない。実験棟モジュール内には通常の空気の代わりに、反応しにくいアルゴンや窒素の混合不活性気体が充塡《じゅうてん》されている。

キャビネット自体は壁に埋めこまれていた。具体的には、これはガラスのふたがついた容器で、強力な照明が設置されており、ロボットのアームを動かせるだけの空間を持つ。容器は陰圧構造になっており、容器の外よりも気圧を低くしてあった。これは容器から微粒子が流出し、他の微小重力実験機器を汚染させないための措置だ。空気排出口には、用心のため、高効率微粒子捕集《HEPA》フィルターも取りつけられている。

キャビネットのふたにはカメラが組みこまれ、行なわれる実験の過程を映像で詳細に記録する。事件後に回収されたその映像を法映像分析者たちが確認したところ、事件の時点からさかのぼること数年間ぶんにわたって、記録映像が消失していることが判明した。このことは、クラインが長きにわたり、一連の違法な実験を実行して（かつ隠蔽して）いたことの証拠にほかならない。消失した実験記録映像は、すべてを合わせれば百時間以上にものぼり、その大半は十五分以内の局所的映像だった。

クラインによる操作のもとで、Ｒ３Ａ４はいま、平坦なスライドグラスにのせられたＡＳ-３試料にカメラを向け、視覚システムに組みこまれた拡大機構を用いて対象をズームした。このＡＳ-３試料は、五十年以上前に発見され、現存する試料を基に、クラインみずから改良した新しい変異体である。スライドグラス上には、六角形の微粒子が一列にならんでいた。手の動きの縮尺率を五万分の一に設定して——これはつまり、グローブを五センチ動かせば、ロボットの手が一ミクロン動くということだ——クラインは独自の精神インターフェイスを活用し、Ｒ３Ａ４のゆるぎない手を操作して、見ているだけでも息を呑む実験上のバレエを舞った。

マシンを経由しているため、人間ならではの弱点はすべて排除されている。クラインはいま、完全無欠の科学実験というべき領域で操作を行なっていた。人間の手ではとうてい、この微小なスケールで、これほど的確かつ優美な操作をすることはできない。ロボットの手作業効果器《エンド・エフェクター》を自信たっぷりに操作し、舞を舞わせつつ、クラインはスライドグラスにならぶアンドロメダ微粒子の列に触媒エージェントを付加していった。数秒おいて、こんどは同じ微粒子列に、増殖基質とするための液体二酸化炭素を塗布した。

またたく間に、めくるめく反応が起こった。

ＡＳ‐３の各微粒子が、特異体で大々的に見られた〝有糸分裂〟を開始したのである。スライドグラス上で微粒子群がうごめき、ひくつきだす。カメラを通してクラインが見まもる前で、かすかな線が二次元的に成長しだし、みるみる矩形構造を形成した。

ここにおいて、迅速に——じっさいには、人間の能力を超えた速さで——拡大する矩形群の、上辺と左右の辺に成長抑制エージェントを塗布し、貪欲な基質消化速度を鈍化させ、底辺だけが急成長するようにしむけた。それでも矩形のなかには、上と左右に増殖して、スライドグラスを置いてある実験用トレイにまで広がるものが出はじめた。ところどころで、セラミックの表面が分解し、グレイの灰のような物質に変化している。

　Ｒ３Ａ４は、急速に増殖していく微粒子に触れないようにしながら、すばやく手を動かしつづけた。その複合外被《オーソ・ファブリック》でカバーされた手は、ヴェーダラが開発した反応抑制剤の部厚い被膜でおおわれており、てかてかと光っている。この被膜は、既知の二種のアンドロメダ因子には反応しないよう、Ｒ３Ａ４製造中に適用されたものだ。

スライドグラスの上で、微粒子の作る矩形が合体し、マクロ・スケールで形をなしはじめた。その形はリボン状で、幅は紙の厚さ程度しかなく、厚みは人間の髪の毛ほどもない。構造物は底側だけが成長をつづけ、幅はそのままに、みずから自動的に織られていくマフラーのごとく、どんどん長くなっていく。

　じきにリボンは、実験用トレイを越えて外に伸びはじめた。ここでロボットは、すばやく腕をひっこめ、バイオ・セイフティ・レベルの高いキャビネットの前面にこぶしを打ちつけた。二度めの打撃でキャビネットの前面は砕け散り、無数のガラス片となってポッド内に飛散した（明らかな理由により、キャビネットにはいっさい重合体《ポリマー》が使われていない）。

　過去のいつかの時点で、クラインはロボットの四肢駆動系《アクチュエーター》をいじり、許容出力をリセットしていた。このタイプが搭載する駆動モーターは、瞬間的に圧倒的なトルクを発揮する。それはじつに、みずからをばらばらにするに足る強力な力だ。そのため、制御ソフトウェアに組みこまれた加速度プロファイルには制限が設けられ、冗長性を持たせてあり、三系統の独立した検知システムによって常時監視されていた。しかし、エキスパートの手にかかれば、この加速度プロファイルを無効化することは造作もない。

出力抑制の安全機構を解除することで、クラインはロボノートの四肢駆動出力を――建設的な方向でも破壊的な方向でも――大幅にアップさせていた。

Ｒ３Ａ４は割れたガラスの部厚い破片ごしに手を伸ばし、金属質のリボンが載った実験用トレイを引きだした。リボンはすでに長さ三十センチを超え、まだ伸張をつづけている。ロボットはそのリボンを〈ワイルドファイア〉モジュールの頂上部分へと――頭の上の、このモジュールが〈ハーモニー〉第二結合部モジュールにつづく連結口へと持っていった。この〈ハーモニー〉は、国際宇宙ステーションの前部において、他のモジュール同士をつなぐ要《かなめ》のひとつとなっている。貨物宇宙船を模したモジュールでしかない〈ワイルドファイア〉にくらべて、〈ハーモニー〉はこの謀略を完了するために最適の位置――全体のほぼ重心の位置にある。

ロボットはリボンの不活性なほうの一端をむきだしの金属壁に押しつけ、新たに増殖基質を追加した。

ものの数秒のうちに、ＡＳ‐３物質は第二結合部モジュールの外殻構造に侵蝕しだした。なめらかな隔壁がおなじみの暗い灰緑色にきらめきはじめる。増殖基質を消費するにつれ、ＡＳ‐３微粒子は増殖し、モジュール外殻のアルミニウムと結合を深めていった。それにつづく一時的な連鎖反応により、外殻全体に金属質の葉脈のようなものが広がりだす。リボンの反対端は無重量状態の中で宙に浮かび、いっそう長さを増しながら、水中を泳ぐヘビのようにくねっている。

かんだかい警報が鳴りだした。

ついで、クラインのモニターに、このような警告メッセージが現われた。

アルゴン10％減少、窒素22％減少
混合気体が過剰に減少中――再充填キャニスター開放――
キャニスター残量ゼロ――警告

　モジュール内の空気成分比が――実験対象と反応させないため、不活性を維持するよう入念に調整されていたバランスが――急激に変化しつつある。伸張するリボンの先端が空気そのものを消費しているのだ。空気というエネルギー源を安定的に供給されるようになったリボンは、ますます長く伸びはじめた。適応力に際限のない微粒子が、自己複製のために消費できる燃料を探しもとめた結果だった。

　けたたましく鳴り響く警報は無視する。空気が消費されるにつれ、その音はどんどん聞こえなくなっていく。

　やがてリボンは分裂し、ねじくれ、ちぎれた電線のような状態になった。その先端がＲ３Ａ４の外被に触れた。触れると同時に煙が出たが、その煙自体、急速に伸張するＡＳ‐３に消費されてしまった。抑制剤の被膜に妨げられて、リボンがロボットの複合外被に融合することは避けられたようだ。

　いずれにしても、ロボットはなんの反応も示さなかった。ソフィー・クラインに痛みを伝える痛覚センサーは、この個体には組みこまれていないからである。

かわりにロボットは、天井側の壁に足をつけ、黒いカメラレンズを床側の一点にすえると、あたかも深呼吸をするかのように動きをとめて――じっさいには、別モジュールにいるソフィー・クラインの動きをトレースしたにすぎないのだが――多関節の脚をぐっとたわめ、円筒形モジュールの底部、すなわち地球側にある円形の床をめざし、勢いよくジャンプした。

空中を飛びながら、こぶしをぐっと手前に引く。床面に到達するまぎわ、できるかぎりのエネルギーを絞りだし、最大出力で床面を殴りつけた。金色の被膜でおおわれたアルミニウムのこぶしが強靭《きょうじん》な床にめりこむとともに、手首に内蔵されたサーボ・モーターが衝撃で砕け散った。指が異様な角度に折れ曲がり、アイボリーの濡れた軟骨を思わせるベクトラン高張力繊維の腱《けん》がはじけ、ひしゃげた人間のこぶしのカリカチュアと化した。

ぼろぼろになった手の外骨格を手前に引いて、ロボノートはもういちど同じ場所を殴りつけた。

さらに、もういちど。

四度めの殴打で、ついに〈ワイルドファイア〉モジュールの床が裂けた。内部に残っていたわずかな空気が、モジュールの底部にあいたこぶし大の穴から爆発的に吸いだされていく。

一千ヘクトパスカル毎秒の減圧にも耐えられるように設計されたロボノートだ。この程度で損傷することはない。もっとも、破損した手のベアリングからは、吸いだされる空気の流れに乗って、潤滑油の油滴が流れだしていった。

損傷した手には目もくれず、R3A4はいそいそと床にあいた穴に身をかがめた。その穴を通して見えたのは、何千キロも下で輝く、地球の青い表面だった。

34　溢《いっ》水《すい》

事件後のインタビューと最後の〈カナリア〉ドローンから回収された映像からすると、水の氾《はん》濫《らん》の発端は、特異体のどこか深いところから聞こえる地鳴りのような音だった。それがだんだん大きく、深く響く轟きとなり、いたるところに反響しだした。濡れた舗装のようなにおいとともに、空気中の湿度がはねあがっていく。この時点ですでに、冷たい水の薄い膜が一行の足もとを洗いだしていた。トゥパンはずっと先行しており、すでに姿がはっきりとは見えない。一機だけ残った〈カナリア〉の光を追いかけて、はだしでピチャピチャと床の水をはねながら、トンネルの奥へ走り去ったのだ。

フィールド・チームはつかのま、焦燥の表情でたがいを見交わした。各人のヘッドランプが放つビームに照らされて、空中にただよう霧のうねりが見える。ついで、ひとこともことばを交わさぬまま、全員がゆっくりと走りだした。先頭をいくのはヴェーダラだ。そのあとから、ストーンとオディアンボが一列になってつづく。ストーンはタブレットの画面をスワイプし、〈カナリア〉が放つＬＥＤの照度を最大にした。トンネルの前方がまばゆい白光にあふれかえった。

「オディアンボ？」あえぎながら、ヴェーダラが呼びかけてきた。「この地鳴りのような音だけど。また特異体が成長しようとしているの？」

「どうだろう。これは明らかに、水が関与している事象だ。耳に圧力を感じるだろう？　大量の水がなにもない空間に流れこんで、それで空気が圧迫されているんだ」

すこし脚を引きずりぎみに走りながら、オディアンボはポーチのポケットから新しいケミカルライトを取りだし、曲げて中のカプセルを割った。それを持つ手が前後に振られるのに合わせて、不気味な緑の光が前後に揺れはじめる。金属質の床がいっそう黒っぽく見えるのは、水の層でおおわれているせいだ。その水の層をブーツで踏み、水はねを飛ばして走る疲れきった科学者たちの心に、しだいにパニックが膨れあがっていった。

不安をかきたてる轟きは、いつしかまわりじゅうから聞こえていた。

「上の湖とくらべて、このトンネルの体積は小さい」オディアンボがいった。「水がなだれこんできたら、一気に水没してしまわないか心配だ」

トゥパンは軽々と駆けていく。ドローンの光に導かれて走る少年は、科学者たちよりもずっと先にいた。走っているうちに、水かさはしだいに増してきている。少年のずっと後方では、ストーンとヴェーダラが息を切らしながらも同じペースを維持し、いまでは肩をならべて走っていた。流れこんでくる水がブーツの中に入りこむほどの深さに達すると、ふたりはますますパニックをかきたてられ、いっそう足を早めた。

二十歳ちかく年長のオディアンボは、何分かはふたりについていけたが、しだいに遅れが目だちはじめた。顔をしかめ、脇腹を押さえている。水音の轟きはもはや耳を聾《ろう》するほどに大きく、冷たい水は目に見えてかさを増して、どれほどアドレナリンがあふれていてもほかの者たちには追いつけない。

だが、水位がひざ下まで達するや、長年の洞窟探険がものをいい、事態の深刻さが実感された。生き延びたければ、このトンネルの終端から外へ出るしかない。

ただし、そんなものがあるならばだが。

ストーンが心配してふりかえるのを見て、オディアンボは早くいけ、と手ぶりで示した。

「いけ！」あえぎあえぎ、声を絞りだす。「きっと追いつくから」

ストーンはオディアンボのことばを無視して立ちどまり、引き返してくると、老人の片腕を自分の肩にまわし、からだを支えて進みだした。ヴェーダラは足をゆるめない。トゥパンを追って駆けていく。ただ、ときどき振り返り、男ふたりの進みをたしかめているのか、その目がふたりのヘッドランプの光を浴びてきらめくのが見えた。

冷たい茶色の水はすでに五十センチ以上の高さに達し、太腿を濡らしだしている。荒い息の音と水をはねる音が金属質の壁面に混沌と反響するなかで、一行は必死に駆けた。ヘッドランプが投げかけるビームがそれぞれの動きに合わせて踊っている。その光に、はねる水滴が浮かびあっては、また闇に呑みこまれる。

そのとき、前方から叫び声が聞こえてきた。トゥパンの声だ。

「トゥパン！」

ストーンは心配して叫んだ。老人に力を貸さねばと思う反面、前方の少年のようすを見にいかねばという思いもあり、気持ちが千々に乱れだす。

「ジャーメイズ！」前方の遠いどこかから、少年の叫び声が返ってきた。

水を盛んにはねとばし、オディアンボの力が落ちた腕を肩にまわしたまま、ストーンは首にぶらさげたタブレットで前方のようすをたしかめようとした。〈カナリア〉のカメラからの映像で、トゥパンが叫んだ理由がわかった。少年はトンネルの終端に達していたのだ。

突きあたりの壁面に金属のはしごがあり、上へ、闇の中へと消えている。

溢水《いっすい》の速さはオディアンボが予想したとおりだった。はしごの横木のうち下のほうの何段かは、すでに壁を洗う川水につかっていた。トゥパンは早くもはしごを昇り、水面の上にあがっている。ドローンの映像によれば、はしごの上端にあるのは別のハッチだ。

トゥパンははしごを昇りつめ、閉じられたハッチをたたき、爪をたてた。だが、ハッチはびくともしない。

なおもオディアンボを支えながら、ストーンは闇の中を先行するヴェーダラに叫んだ。

「ニディ！　行く手にはしごだ！　ハッチがある！　トゥパンにはあけられない！」

頭の回転が速い女性科学者は、スピードをあげつつ、肩ごしに叫んだ。

「わかった！」

氷のように冷たい水が腰にまであがってくるなかで、ストーンはオディアンボのからだを支え、できるだけの速さで懸命に進んだ。老人はひどく震えており、ひと息ごとに喘鳴《ぜんめい》のような音を立てはじめている。もはや限界以上に老体を酷使しているのだ。それでも、ストーンの肩にすがり、なけなしの力をふりしぼって、あきらめることなく進みつづけていた。

水音がだいぶ小さくなってきた。ゴウゴウという音は収まって、波も立ってはいない。

ここでふたりとも、バックパックを捨てた。水面は凪《な》ぎ、冷たい鉛の中に立っているかのようだ。そんな状態のなかで、凍えて感覚のない脚をひたすら動かしつづける。びしょぬれの服が重くからだにまといついてきた。唯一のぬくもりは、たがいの腕を通じて伝わる体温だけだ。そのわずかなぬくもりでさえ、急速に奪われつつある。

「ストーン」荒い息の合間に、オディアンボがいった。「ヒトに火が不可欠というのはほんとうだった。火なくして、ヒトは生き延びられない。だが、この火なるものは……ヒトに属してはいない」

オディアンボはストーンの二の腕をぐっとつかみ、ロボット工学者の目を覗きこんだ。

「火とは神々に属する」

「息をむだに使うな、ハラルド」二の腕をつかまれたまま、ストーンは答えた。「哲学の話はあとにしよう。終端はもう目の前だ」

「遠すぎる、残念ながら」オディアンボはあえぎ、暗い水面にあごをしゃくった。水は腰よりも上まであがってきている。「ただし、わたしにとってはだ。きみには遠すぎない」

ストーンは進みつづけた。

トンネルの終端では、ヴェーダラがはしごにたどりついていた。見あげると、トゥパンがやや上の横木にしがみついている。ずっと上には気密ハッチらしきものがあった。そのハッチのすぐ下にある壁面には、暗証番号を入力するパッドが設置されている。あれにキーコードを打ちこめばハッチは開くはずだ。ヴェーダラはいちどに二段ずつはしごを昇り、少年を追い越すと、パッドに手を伸ばし、まず適当な数字を押してみた。

四桁めを入れた段階で、ハッチからエラーのビープ音が鳴った。

「だいじょうぶそうね」ヴェーダラはつぶやいた。

すくなくとも、ハッチに通電してはいる。必要なコードは四桁で、数字だけで構成されていることもわかった。あとは四桁の数字の組みあわせを一万通り試すだけだ。

下のほうでは、トゥパンがはしご段に片腕をかけてつかまっている。〈カナリア〉のLEDライトで照らされた唇は血の気が失せており、寒いのだろう、がたがた震えていた。濡れた髪が額に張りつき、最後まで残っていたおどろおどろしい赤の戦化粧《いくさ》もほぼ流れ落ちてしまっている。あらわになった顔は、まだあどけない十歳の少年の顔——怯えて凍えている男の子の顔だった。

ヴェーダラはからだをひねって腰のポーチに手をつっこみ、必死に中身をあさった。残っている〈カナリア〉は低くビープ音を発している。バッテリーが切れかけているのだ。黒い水面には近づかないようにして付近の壁すれすれを飛ぶドローンの光は、すでにだいぶ輝度が衰えており、ために、あたりへ投げかけられる影が幻想的な雰囲気を帯びている。

　やっとのことでデジタルカメラを探しあて、スイッチを入れた。

　縮小画像《サムネイル》がグリッド状にならぶ画面をつぎつぎにスワイプし、特異体に入って最初に見つけた死体の写真を見つけだす。その中から、まず一枚めを表示させ、何枚も撮った写真を急いでスライドさせていった。ようやく探していた写真が出た。なかば床と融合した死体の、顔だけを上にねじまげさせて撮った写真のうち、かろうじて見える問題の部分をズームする。

　身分票が拡大された。それとともに、ＩＤ番号も。

〝▒ク▒バ▒クシュタイン　＃２３４０２５８２〟

わなく手で画面を顔の前に近づけようとしたとき、指先がすべり、カメラを取り落とした。機械は水音を立てて水面に落ちた。そのまま、画面の光をちらつかせながら水底《みなそこ》に沈んでいき、途中でその光も消えてしまった。

　反射的に、いらだちの声が出た。

「もう！」

　その間《かん》に、トゥパンが上昇する水面を避け、すぐ下まであがってきていた。少年の木の枝のように細いからだがヴェーダラの尻に押しつけられた。ハッチを通って上に出ないかぎり、全員、ここで死ぬことは避けられない。

　ヴェーダラは目をつむり、集中した。手を上に伸ばし、いましがた身分票に見たコードの下四桁を入力する。パニックで記憶が混乱していなければいいが……。心の中でクリシュナ神に祈りを捧げ、指先でエンター・キーを押す。

適合を示す軽快なビープ音とともに、ハッチの磁気式電気錠がガチンとはずれた。ロックが解除されたのだ。思わず叫んだ。

「やった！」

だが、勝ち誇ったその声は、どんどんせばまってくる空間に呑みこまれた。下を見おろせば、水面はトンネルの天井付近にまで達している。ストーンとオディアンボの姿はまだ見えない。トゥパンはヴェーダラを見あげている。なにもいわないが、薄れゆく〈カナリア〉の光のもとで、その顔に恐怖が浮かんでいるのが見えた。歯を食いしばっているのは、ガチガチ鳴らないようにするためだろう。

ヴェーダラは思いきりよく頭上のハッチを押しあけ、自分を追い越して未知の空間にあがるよう、身ぶりでトゥパンにうながした。

ヴェーダラ自身は下に降り、全身が水につかるのもかまわず、水面とトンネルの天井のあいだの暗い裂け目を覗きこんだ。床に足をつければ、頭まで水中に没することになる。だが、ストーンとオディアンボは自分よりも背が高い。まだ息はできる。そうであってほしい。

ヘッドランプが投げかける強力な光のもと、六角形だったトンネルは、暗闇の奥へとつづく、高さ三十センチほどの台形の空間にまで縮まっていた。オディアンボの緑に光るケミカルライトはまったく見えない。残った一機の〈カナリア〉は縦坑を上昇し、トゥパンにくっついてハッチの上に出ていった。

「ストーン！　オディアンボ！」ヴェーダラは大声で呼びかけた。

　唯一の反応は、上昇する水面がトンネル内に残る空気を押しだすにつれて吹いてくる、湿った風だけだった。のどを締めつけられるような思いで、ひたすら闇の奥を見つめる。そこでヴェーダラは、はっと目をしばたたいた。トンネルの奥にかすかな光がちらついた気がしたのだ。あれはヘッドランプの光ではないだろうか。

　だが、たしかめるすべはない。


　トンネルの終端からずっと手前で、ストーンとオディアンボは爪先立ちになり、床をはねるようにして進んでいた。水はもう首まできている。ヴェーダラの呼び声が聞こえた。しかし、息をつぐだけでせいいっぱいで、とても大声で返事をする余裕などない。水面と天井のあいだはぐっとせばまっている。頼りはそこに残るごくわずかな空気だけだ。

　このままでは、終端までたどりつけないうちに、空間が尽きてしまう。

「泳がないといけない」ストーンはいった。「できるか？」

「向こうで会おう、ジェイムズ」オディアンボは答えた。「きみに会えてよかった。奮闘を光栄に思う」

　ストーンは顔を横に向け、オディアンボの顔をまじまじと見つめた。老人は悲しげな微笑を浮かべてみせた。これは別れを告げているのだ、と直感的に悟った。最後にいちど、水中でぐっと老人の腕をつかんでから、天井に唇をつけんばかりにして大きく息を吸う。ついで、水中に潜り、水を蹴りはじめた。最初の何秒間かは、そばにオディアンボの存在が感じられた。

しかし、その感覚はたちまち、ほかの感覚に呑みこまれた。空気を求め、パニックを起こした肺が疼《うず》いている。周囲の水は心臓がとまりそうなほど冷たく、暗い。ときおり、肩や手がトンネルのつるつるした壁に触れる。そんな状態でしゃにむに水を蹴るうちに、とうとう目の前に星がちらつきだした。

つぎの瞬間、指が金属の横棒をつかんだ。はしごだった。

同時に、だれかの手でシャツの襟首をつかまれ、ぐいと水上に引きあげられた。水の膜でぼやける視界に、ヴェーダラの姿が見える。空気中に出たことで安堵し、むせながら、むさぼるように息を吸った。それから、必死にはしごを昇りだした。ハッチの上に這いあがる。そこでやっと、床に倒れこんだ。息が荒い。暗さと疲弊で、ろくに目も見えない。

縦坑の中では、ワイルドファイア・フィールド・チームのリーダーがなおも、うねりながら上昇してくる水面に目をこらしていた。白くなるほど唇を嚙みしめている。まだ希望を捨ててはいない。捨てる気もない。

「がんばって、ハラルド」とつぶやいた。「泳いで。泳ぐのよ」

十五秒が経過した。そして、三十秒が。

水位の上昇とともに、ヴェーダラもハッチの上にあがった。じきに水位はハッチにまで達した。ヴェーダラはもう数秒、水がハッチの上にあふれだすまで待った。そばではストーンがあおむけに横たわり、はげしくむせている。ヴェーダラはやむなく気密ハッチを閉じ、ロックをかけた。身をわななかせ、荒い息をしながら、ヴェーダラは気がついた。頬を濡らす水に混じる熱いものが、自分の涙であることに。

ハラルド・オディアンボ博士は、調査行四日めの23：10：07協定世界時《UTC》、ここに死亡した。のちに解明された死因は、溺没《できぼつ》による無酸素性脳損傷だった。苛酷な環境のもとで死亡したワイルドファイア・チームのメンバーは、これで三人めとなった。

しかし、残念なことに、最後のひとりとなりはしないだろう。

35　活性化

　クラインの最後の実験のうち、最後の部分の詳細については、記録を回収のしようがない。〈ワイルドファイア・マークⅣ〉実験棟モジュール搭載の複数台のカメラは、外殻に意図的な裂け目をあけられた結果、空気の急激な流出によって破壊され、R3A4自身も、自分が撮った映像を送信するのをやめてしまったからである。ソフィー・クラインの脳《ブレイン》＝コンピュータ・インターフェイスのログは回収できたが、ロボット宇宙飛行士《ロボノート》の行動は複雑すぎて、とても再構成できるものではなかった。

　そのかわり、以後の経緯については、ISSに同乗していたもうふたりの宇宙飛行士により、震えがちの手で撮影されている。何時間も〈ズヴェズダ〉サービス・モジュールに閉じこめられていたユーリー・コマロフとジン・ハマナカは、いやでも一部始終を目撃せざるをえなかったのである。

　ジン・ハマナカは、同モジュールで地球側を向く最大の窓――主ワーキング・コンパートメントにある直径四十センチの舷窓の前にいた。ＩＳＳの加速は断続的で、いまはＧがかかっていないため、宙に浮かんだ状態だ。ハマナカはこざっぱりとした女性で、黒髪をポニーテールにまとめ、ＪＡＸＡの同僚たちのあいだでは大きな声で笑うことで知られている。だが、いまばかりは笑うどころではなく、半導体レーザーで作った急造の〝レーザーポインター〟でＳＯＳのモールス信号を送るのに必死になっていた。この時点で、ビームの出力は目に見えて衰えている。さらに深刻なことに、地球自体が目に見えて遠ざかっていた。ＩＳＳは加速しながら高度をあげつつあるのだ。

ロシアの宇宙飛行士《コスモナウト》、がっしりとした体格で、顎鬚《あごひげ》をたくわえたユーリー・コマロフは、モジュールの反対側の、一部を分解した壁面パネルの前に陣どっていた。この数時間は、補助的なシステムから抜きとったパーツでまともに機能する無線機を造ろうとしているが、うまくいっていない。

念のため、どちらの宇宙飛行士も、いつでも船外活動用の宇宙服を装着できる準備をすませていた。安全対策を重視しても害にはならないと、ふたりのあいだで合意がなったのである。このままでいくと、ドッキングしているソユーズ宇宙船に急いで退避し、緊急離脱することになりそうだが、心配なのは妨害される可能性が高いことだ。

この状況を生き延びられる保証はまったくない。

コマロフが私物の小型ウェアラブル・カメラ、ＧｏＰｒｏをまわしだしたのは、まさにそのためだった。モジュール内の一角に磁石で取りつけ、動画撮影を開始し、あとは放置する。最悪のシナリオになった場合、なにが起こったかの記録が残ってくれることに望みを託したのである。

カチカチカチ。カチッカチッカチッ。カチカチカチ。

「もうそろそろ、やめたらどうだ?」コマロフは肩ごしに、ハマナカに声をかけた。〝レーザーポインター〟のボタンがカチリと押されるたびに、いいかげん辟易《へきえき》する。「もう地球はこちらの状態を把握してるに決まってるんだぜ。これだけ遠く離れてるんだから」

ハマナカは聞こえなかったかのように、モールス信号を送りつづけた。

三十秒が過ぎた。その間《かん》、途切れることなく、カチカチという音が響きつづける。コマロフはげんなりして顔をあげた。そして、もういちど〝やめてくれ〟といおうとしたとき——なにかが荒々しくモジュールに激突したような衝撃が走った。ISS構造全体が、横方向に走るトラスにそって振動し、太陽電池パドルが大きな翼のように波打ちだす。

コマロフはぎょっとして、開きかけていた口を急いで閉じた。

それから、GoProをひっつかみ、窓辺に浮かぶハマナカのもとへからだを押しやった。

「いまのはなんだったんだ? なにが起こってる?」

ハマナカは舷窓からふりかえった。顔が蒼白《そうはく》になり、唇がわなないている。それから、片手で口を押さえた。

「ジン?」コマロフはうながした。

ハマナカがふたたび舷窓に目をもどした。コマロフは彼女をそっと窓辺から動かし、かわって舷窓のガラスに顔を押しつけた。

記録には、コマロフがそう問いかける声が残っている。「なぜあれは……おい、黒くなってきてるぞ。あれは――おお、神《ゴースポジ》よ！」

コマロフはハマナカに顔をふりむけた。そのあごもやはり震えている。日本の宇宙飛行士はすぐにわれを取りもどした。眉間《みけん》に縦じわを寄せ、いま自分たちが見たものの意味を整理する。

「あれは破片《デブリ》の雲よ」ハマナカは静かな声でいった。「前部の下面側から伸びているわ。〈ワイルドファイア〉モジュールの底に穴があいたのよ」

コマロフは付近にある直径二十センチの舷窓に移動し、別の角度から〈ワイルドファイア〉を眺め、底にあいた裂け目を見つめた。信じられないという顔になっていた。

「それだけじゃないわ」ハマナカが語をついだ。「モジュールの側面を見て。以前はなかった、なんらかの異物が広がりつつある。なにか暗紫色のものが」

ロシアの宇宙飛行士はかぶりをふった。両足の爪先をモジュール前部の壁の手すりの下に軽くひっかけ、ほとんど力を入れることなく、体力もあまり消費せずに、楽々とその姿勢を維持しつづける。コマロフがＩＳＳに滞在するのはこれで三度めだ。ベテランなだけに、ＩＳＳミッションの指揮官《コマンダー》を務めていた時期も長い。しかし、クラインの反乱により、その立場は奪われてしまった。

「なんだというんだ、まったく！」

怒声とともに吐きだした息は、四層構造の、厚さ二センチ半はあるガラスの丸窓を曇らせた。

このときコマロフは、カメラを外に向けるのを忘れ、そのレンズは不安の表情を浮かべた彼の横顔をとらえていた。以後のデータは、ＩＳＳのトラスに設置されていた外部カメラの記録映像と合わせて再構成されたものである。

きらめくデブリの雲は、いまなお〈ワイルドファイア〉モジュールのそばにたなびいている。ここでコマロフが、何度も何度も〝そんな《ノー》〟に相当するロシア語を連発する音声が記録された。このときコマロフは、〈ワイルドファイア〉の裂け目が大きくなっていくところを見ていたと思われる。裂け目からは着実に、デブリが煙のように流れだしていた。コマロフが急に黙りこんだのは、あまりのショックにことばを失ったからだろう。というのは、このとき、裂けたモジュールの穴から、ロボノートＲ３Ａ４のくすんだ金色の顔がにゅっと現われたのだ。

あたかも思案しているかのように、Ｒ３Ａ４はゆっくりと周囲を見まわした。

ついで、自分が製造された〈ワイルドファイア〉モジュールの外へ——徹底的に外部から隔絶されたバ《B》イオ・セ《S》イフティ・レ《L》ベル・５環境の外へ——脱けだした。人間型《ヒューマノイド》ロボットは、かさばるボディが裂け目のぎざぎざになった縁に触れないようにしながら通りぬけ、真空中にすべりでてきた。

そこで向きを変え、出てきた穴の中に手をつっこんだ。

穴から引っぱりだしたのはリボン状の糸だった。まばゆい照明で照らされた映像中のリボンは鈍い光沢を帯びている。そのリボンを高倍率で拡大したときに見えるのは、いかにも異界の存在めいた六角形模様だ。まるでくすんだドラゴンの鱗《うろこ》だった。裂け目から連綿と引きずりだされるリボンは、だらりと伸びた長い長い舌のようにも見える。

一定の距離から見ても、この初期の段階でさえ、リボンがいまなお急速に伸張中であることはひと目でわかった。白熱したその先端は、熾《おこ》った石炭のようにまばゆく輝いている。モジュール内部のどこかに固定されているらしいそのリボンは、ＩＳＳの後方に、流れに投じられた釣り糸のようにたなびいていた。

その表面には、あちこちに火花が散っている。おそらく、あたりにただようデブリやまばらな大気分子を吸収しているのだろう。

その恐るべき光景は、ＩＳＳのクルーには見えたが、地球の赤道周辺から観測しているプロ・アマ合わせて何百人もの天文学者には、遠すぎてとても見えなかった。ＮＡＳＡ自体は、合衆国軍に対し、軌道上に保有する複数のセキュリティ関連施設から〝注視するように〟と呼びかけている。各施設からとらえられたのは、剃刀《かみそり》のように薄く、太陽光を浴びてきらきらと輝く金属質らしきリボンが、宇宙ステーションから地球に向かって長く伸びた光景だった。丸一日、断続的に加速しつづけた結果、ＩＳＳはいつしか高度三万六〇〇〇キロに達していた。ここはもう静止軌道だ。

しかも、クルーにさえ見えない部分では、はるかに深刻な状況があった。

事態が明るみに出たのちに回収された映像には、〈ワイルドファイア〉モジュール上に発光するスミレ色の一画が映っていた。異物の被殻が急速に拡大していたのだ。被殻を構成しているのは、六角形構造ではない。幾条《すじ》もの、脈動するヘビのような触手だ。いましがたまでディナープレート大だった被殻は、まず緑の、ついで紫の閃光を放ち、モジュールの外殻全体に広がって、ひとつの星形模様を形成した。

その形態は明らかに、ＡＳ‐３とは異なっていた。アンドロメダ微粒子は、ここにふたたび進化をとげ、新たな形態を獲得したのである。

第5日
上　昇

みずからを律するさまざまな形があるなかで、もっとも強力なものは、自己を認識することである。

——マイクル・クライトン

36　新しいパラダイム

特異体の地下深く、暗黒のとばりの中で、生き残ったワイルドファイア・フィールド・チームのメンバーは疲労その極みに達し、絶望しきっていたものと思われる。わずかな時間のうちに、メンバーのうちのふたりを失ったのだ。補給品もなくなった。ストーンのバックパックももはやない。最後の〈カナリア〉はバッテリーが切れ、動かなくなって床に転がっている。濡れねずみになり、がたがた震えながら、ストーンとヴェーダラは背中合わせにすわっていた。トゥパンはストーンのひざの上で身をまるめている。たがいの体温で、ゆっくりとだが、冷えきったからだにぬくもりがもどってきつつあった。

未知の暗黒の中、他者の体温は、心やすらぐ拠《よ》りどころだったにちがいない。

事件後のインタビューによると、チームの生き残りに感じられたのは、すわりこんでいる床が平坦で硬いことだけだった。おそらく構造物のほかの部分と同じ材質でできていたのだろう。指先には、表面に刻まれたかすかな六角形模様が感じとれた。周囲の空間は真っ暗で見えないが、音が大きく反響する場所であることはまちがいない。高みのどこかから、不気味な笛のような音が聞こえてはまた遠ざかっていく。まるで陰鬱な歌のようだ。

三人は疲れきっていて、とてもあたりの状況を調べるどころではなかった。調査行は惨憺たる状態に陥っている。もはや死は避けられそうにない。問題は、その死がどのくらい早く訪れるかということだけだ。ヴェーダラと背中を合わせたまま、ストーンは少年の骨の浮き出た肩に片腕をまわしていた。不安が渦巻くなかで、じきに三人とも、深くて夢も見ない眠りに落ちた。

目覚めたのは、陽の光が射してきたからだった。

「ジェイムズ」ヴェーダラがささやいた。「見て」

ストーンは何度かまばたきをし、目をあけた。いまは室内のようすがはっきりと見えている。天井の高みにあいた六角形の開口部から、強烈にまばゆい朝陽が射しこんできていたのだ。どのような基準に照らしても、それはほの暗い微弱な光でしかなかったが、あまりにも長いあいだ暗闇の中にいたので、耐えがたいほどにまばゆく感じられた。トゥパンはすでにひざの上から降りており、あくびをしながら驚きの目で室内を見まわしている。

「天井に……穴？　どうしてこんなことが？」ストーンは問いかけた。「ここは湖の地下のはずだろう！」

「見当もつかないわ」ヴェーダラがいった。「ただ、室内を見て。ひどく奇妙よ」

額に手をかざしたまま、ストーンは視線を下に落とした。特異体のほかの部分と同じように、すべての表面は緑がかった黒のＡＳ‐３材質でできているように見える。部屋は六角形で、その中心には六角柱の尖塔がそそりたち、天井にあいた開口部を突きぬけ、さらに上へと伸びていた。中央にそびえる六角柱の基部周辺は、鋼鉄やガラスなど、人間が造った材質によるプラットフォームで取り囲まれている。

「大聖堂のようなところだな」立ちあがり、のびをしながら、ストーンはいった。低い声だったが、そのことばは高みにこだまし、そのこともまた、ある種、宗教的な畏怖を感じさせた。その畏怖には、胸の悪くなる恐怖も混じっている。「あれはいったい、なんだろう？」

「ダムはあれに電力を供給するために造られたんだわ」ヴェーダラがいった。「タービンを除けば、人間が造った機器をここで見るのは、こんどがはじめて」

　ストーンは鋼鉄のプラットフォームに歩きだした。あたたかい手が自分の手を握るのを感じて下を見おろすと、トゥパンだった。この二日間、あまりにもいろいろな経験をしてきたトゥパンだが、いまその顔に浮かんでいるのは、好奇心の表情だ。ジェイムズ・ストーンも気持ちは同じだった。ふたりは手を取りあい、ゆっくりと部屋の中央へ歩いていった。

　人間が造ったプラットフォームは、床が金属格子になっていて、中央の六角柱を完全に取り囲んでいた。外周には足場が組まれている。まだ完全にはできあがっていないのだろう。部屋のほかの部分にはいくつもの木箱が点在していた。その一部は開封され、中身を取りだされていたが、ほかの木箱は泥で汚れた丈夫な帆布《はんぷ》でくるまれたままになっている。どうやらパラシュートで空中投下されたものらしい。発電室で使われていた機器も同様だろう。

「これがなんであるにせよ」ストーンはいった。「まだ完成してはいないな」

ヴェーダラはすでに、プラットフォームの床にあがっていて、畏怖に打たれたようすで頭上をふりあおぎ、天井の穴ごしに、上の空間を見あげていた。ストーンはつかのま、ああしているときれいだな、と思っている自分に気がついた。赤みを帯びた黒髪の下で、上からの光に明るく浮かびあがったその顔には、微笑が浮かんでいる。そんなヴェーダラはとても美しい。

「なにが見える?」ヴェーダラに歩みより、ストーンはたずねた。

「かつてこの惑星に存在したことがなかったものよ」とヴェーダラは答えた。

自身もプラットフォームにあがり、ヴェーダラのとなりに立って、ストーンは上を見あげた。太い塔状の縦坑《たてあな》と、その中心にそそりたつ六角柱とは、はるか一キロ上にまで伸びていそうに見える。ずっと上、縦坑の頂点にある開口部に、ぽつんと淡いブルーの点が見えた。青空だ。

「いったい……」ストーンはいいかけ、絶句した。

「特異体のほかの部分といっしょに成長したのでしょうね」ヴェーダラがいった。

はるか高みの開口部上に雲が差しかかった。たちまち、室内の温度がわずかに下がったように感じられた。ふたりの手がひとりでにたがいの手を求めあう。となりあって立ったまま、ふたりの科学者は無言で頭上を見あげ、この構造物が体現する驚異に思いを馳せた。

「ジャーメイズ」ふいに、やや離れたところから、トゥパンが呼びかけてきた。

少年は一台の計器パネルの前に置かれたキャスターつきのオフィス・チェアにすわっていた。壁ぎわに設置されたパネルは、一見、横に細長いデスクのようだ。その基部から太い導管が伸びだして、中央プラットフォームにつづいている。ふたりの科学者は、手を握っていたことにはっと気づき、その手を放して少年のもとに合流した。

「コントロールパネルね、これは」

ヴェーダラが金属の表面を指先でなで、しばし眉根を寄せて、ボタンやレバーがならぶシンプルな構成の盤面を眺めていたが、ややあって、ひとつのキーをひねり、ひとつのスイッチを入れた。

たちまち、パネルの各ボタンが発光し、筐体内部でうなりがあがりだした。トゥパンがぎょっとして筐体を蹴り、椅子ごとうしろへさがった。そののどから驚き混じりの笑い声が出たのは、思いがけなく、椅子がなめらかに床をすべったからだ。

「電力はきてるわ」ヴェーダラがいった。「その電力はあのプラットフォームを回転木馬のように回転させるため？　それとも、この尖塔がなんらかの通信アンテナの役割を果たしているのかしら？」

「いや、その線はないだろう」ストーンは否定した。「そんなことのために大きな電力が必要になるとは思えない。それに、百万トンもの構造物を造って、それをわざわざ湖の地下に放置しておくかい？　まったく筋が通らない。オディアンボなら、なにか適切な解釈を……」

その先は尻すぼみに消えた。あのとき、最後に老人の腕をぐっとつかんだときの感触、冷たく暗い水の中で友を失ったときの気持ちがよみがえってきたからである。

「だいじょうぶよ」ヴェーダラがストーンの肩にそっと手をかけた。「この問題はわたしたちで解き明かさなくてはね。わたしたち以上の適任者がどこにいるの？」

ストーンは力なくほほえんだ。

「豊かすぎるほど学識豊かな科学者ふたりでかい？　まあ、たしかにそうだ。ほかにはいない」

「ジャーメイズ」ふたたび、トゥパンが呼びかけてきた。

少年は金属の棒を棹《さお》がわりにあやつり、キャスターつきのオフィス・チェアで室内を動きまわっている。そうやって椅子を〝漕ぎながら〟こちらに向かってくるようすは、ひどく滑稽《こっけい》に見えた。にもかかわらず、即興の棹で椅子をすべらせてくる少年の幼い顔には、真剣そのものの表情が浮かんでいた。

トゥパンはまず尖塔を指さし、ついで視線をふたりに向けた。

それから、両手を使って空中に垂直の線を描くしぐさをしてから、片手で線の下端をつかみ、反対の手でそのすこし上をつかみ、最初の手を離して、またすこし上をつかみ、それを何度もくりかえした。まるで縄昇りのようだ。

わけがわからず、ストーンはじっとそのようすを見つめていた。床の上でじっと動かない最後の〈カナリア〉ドローンをちらと見やる。だが、バッテリーが切れていてはどうしようもない。

かぶりをふった。

「縄？」ふと閃いて、ヴェーダラがトゥパンにいった。

少年は笑顔になり、ふたたび部屋中央の、塔構造の中心を貫いてそそりたつ六角柱を指さしてジェスチャーをつづけた。

「わからないな。なぜ縄なんだ？　なにを意味してる？」ストーンが疑問を口にした。トゥパンはかぶりをふり、ゆっくりと自分の言語でしゃべった。両手はまだ縄を昇るしぐさをつづけている。

「縄を」同じしぐさをまねしながら、ヴェーダラがいった。「昇る」

「昇る、か……」ストーンも同じしぐさをしてから、両手を広げ、わからないというしぐさをしてみせた。「どこへ昇るんだ、トゥパン？」

トゥパンは顔を輝かせ、まっすぐ上を指さした。爪先立ちになり、せいいっぱい背筋を伸ばして、できるだけ高みを指さそうとしている。つづいて、両手の指を頭の上で振り動かしてから、その手を下におろし、目を大きく見開いて、ふたりの科学者を見つめた。

ジェスチャーはそれで終わりのようだった。少年の顔は誇らしげだ。

「〝星〟だわ」ヴェーダラがいった。その顔に、驚愕の笑みが浮かびはじめている。それから、ストーンに向きなおって、「星々へあがるといっているのよ、縄を昇って」

ヴェーダラはいったんことばを切り、すぐに先をつづけた。

「たしかに筋が通ってる。あの六角柱は繫留《けいりゅう》タワーなんだわ——天からたれる縄《テザー》をつなぐための。クラインはね——宇宙エレベーターを造ったのよ」

37 〈神の指〉

アマチュア天文学者からあいついだ〝天に燃える炎〟の報告は、当初、大手の通信社には無視されていた。ソーシャル・メディアに書きこまれる散発的なメッセージも、やはり無視された。それがようやく世界の注目を集めることになったのは、いまでは〈神の指〉動画としてすっかり有名になり、フェイクあつかいの工作までされた、ある映像がきっかけである。

それはセニョーラ・ロサ・マリア・ベローソが汗ばんだ手で撮影した、七分の動画だった。スマートフォンで撮ったということもあり、かなりぶれる動画ではあった。そのとき彼女は、妹と甥たちを訪ねるため、ブエノスアイレスからブラジルのタバチンガに向かう機上にあった。その朝、TAM401便はたまたまアマゾンの密林上空を飛んでいた。高度は約一万メートル。日の出は荘厳で——セニョーラ・ベローソは日の出を見るのが好きだったのだ——眼下にはてしなく広がるアマゾンの樹々の天蓋を、炎と影で塗りつぶしていた。

だが、彼女の撮った動画が貴重なのは、その光景ゆえではない。

やがて聞こえたのは、彼女のスペイン語のつぶやきだった。

「神さま《ディオス・ミーオ》――」

ついで、周囲の乗客たちからも、口々に同じことばが発せられた。

というのは、右翼のすぐ上に、ぱっと見ただけでも長さが一キロ以上はありそうな、赤い光の曲線が出現したからである。それは大気の上層付近でゆっくりと波打っているようだった。炎の外炎部《がいえんぶ》のようにまばゆく輝く光の糸は、天穹《てんきゅう》に開いた裂け目のようにも見える。その光る曲線が、なおも伸張をつづけながら、融けた金属の滝のように降下してくる。

奇跡的なこの材質は、この時点で何百トンもの質量に達していた。厚みは細い毛髪にも満たず、幅は事務用の紙の厚さ程度しかない。全長はじつに三万六〇〇〇キロという、とほうもない長さを持つ。見えているのは極細の光の条《すじ》だけだった。それは幻影のごとく払暁《ふつぎょう》の空にかかり、波打っているようだったが、見たところ、横方向には動いていない。

TAM401便の乗客の多くは、この光景を〝聖書的〟と形容する。

しかし、この光のリボンを創ったのは、人としての寿命を持った人間の女だった。

AS‐3材質で構成された連結糸《テザー》はきらめきながら自己複製をし、驚くべき速さで伸張しつつあった。〈神の指〉動画を見たオークリッジ国立研究所（合衆国テネシー州）の専門家たちは、アンドロメダ因子が大気中の窒素分子と酸素分子を燃料にして成長していたのだろうとの仮説を立てている。

ペルーとの国境に配置されているブラジルの各レーダー施設で収集された地震データも、リボンの一部分において――長さ二四キロの区画において――継続的にソニックブームが発生していたことを裏づけている。それは赤道を中心とする南北半球のかなりの範囲で、かすかな遠い雷鳴となって聞こえていた。

リボンの上端がつながっているのは上空の光点だ。地上からは天体望遠鏡でどうにか見える程度のその小さな光点は、国際宇宙ステーション《ISS》だった。現在は赤道直上、静止軌道よりやや外にあり、その質量五百トンが生む遠心力と推力でリボンの自重を打ち消している。クラインはかなり前から、プログレス無人貨物輸送船のスラスターだけでなく、太陽電池のエネルギーで駆動する静電加速式推進機も併用して、古典的なホーマン遷移《せんい》軌道をたどり、ISSを現在の特殊な位置にまで押しあげることに成功していたのである。

きっかり三万五七八六キロにおいて、物体の軌道速度がもたらす公転周期は、地球の自転周期とほぼ完全に一致する。テザーの重心は、現在、このスイート・スポットにあり、リボンは地球方向および正反対の方向に対して、それぞれ同時に伸張していた。静止軌道を中心に、以遠と以近の質量バランスがとれているため、ISSはつねに、地表でおなじみの一点の真上にいられる。つまり、特異体の真上にだ。

クラインの計画は、赫奕《かくやく》たる成功を収めようとしていた。

アマゾン上空にたれたリボンは、その圧倒的な質量により、気まぐれな風の影響をまったく受けない。そして、信じがたいほどに精妙な操作技術のもと、地上に降りてきたリボンの先端は、ついに密林上空の一点に接続した。その一点とはすなわち、茶色の円形湖から天に向かってそそりたつ、高さ一六〇〇メートルの黒い尖塔の上端にほかならない。

〈神の指〉動画は、接続の瞬間をとらえてはいなかった。だが、機上からの動画で見るかぎり、密林の天蓋上にたれてきらめくリボンは、あたかも樹冠上をかすめるようにして横に移動し、黒い尖塔の先端へ近づいていくかに見える。同じ材質のもの同士、磁力かなにかで引かれあうような動きだった。尖塔の上端に触れたとたん、画面上のリボンはふっと見えなくなった。あらゆる波長で強烈な光輝とエネルギーがほとばしり、カメラをホワイトアウトさせたのだ。

ここに、ふたつの物体は融合した。

復活したスマホカメラの動画には、炸裂したエネルギーの余波が、熱波の稲妻のように空をよぎるさまが映っている。長大な弧を描いていたリボンは、銀色にきらめいて天を両断する一条の輝線のようだ。つぎの瞬間、輝線の光はふっと消えて、あとに淡い薔薇色に染まる早朝の空だけが残った。

自己複製速度の落ちた直線が冷却し、それとともに発光も収まって、視認しにくい色に落ちついたのである。こうして、国際宇宙ステーションから伸びてきたとてつもなく長大な臍の緒《アンビリカル・コード》は、地上の繋留ポイント《アンカー》に接続した。

ＡＳ‐３素材は、圧倒的な負荷によく耐えている。なにしろ、自重に加えて、釣り合い錘《カウンターウェイト》であるＩＳＳの質量五〇〇トンが真上に引っぱる力もかかっているのだから。

動画の最後のほうで、セニョーラ・ベローソはリボンを見失ったが、カメラは依然、右翼の上、最後にリボンが視認された一帯に向けられていた。動画の音声には、ポルトガル語やスペイン語の押し殺したやりとりが入りこんでいる。

それを英語に訳せば、動画に残された最後の音声は、真実からさほど遠くないものだった。

「神さま」とセニョーラ・ベローソはいっていた。「天が壊れた……世界の終わりだわ」

38 交渉

　五日にわたって継続された緊急オペレーションを経て、ピーターソン空軍基地の担当チームは憔悴しきっていた。ふだんはきちんと整理されているコントロールルームには、からになったコーヒーの紙コップや、資料の山、メモを書きつけた何百枚もの用紙が散らばっている。午後十一時から午前七時までの、〝軌道《オービット》1〟シフトで制御卓《コンソール》につくオペレーターたちは、疲労で目の下にくっきりと隈《くま》ができていた。いくら超過勤務手当てを保証されても、それで疲れがぬぐえるわけではない。

　司令コンソールでは、スターン空軍大将が悪夢のような事実をつきつけられていた。なんと、自分がゴーサインを出したワイルドファイア・チームのひとりが、国際宇宙ステーション《ISS》で反旗を翻したというのだ。ただでさえ頭が痛いこの事態ではまだ足りないかのように、地上のフィールド・チームとはいっこうに連絡がつかない。この時点でスターンの頭にあったのは、自分のキャリアは終わったということだった。

スターンは完膚《かんぷ》なきまでに失敗したのだ。

あらかじめ待機させておいた予備のフィールド・チームは、第一次《アルファ》チームとの連絡が途絶してのち、ただちに出発させた。しかし、第二次《ベータ》チームは隔離ラインを越えるのに手間どり、いまもその進みは遅々としている。

そうこうするうちに、諸外国政府の注目が現地に集まりだした。アマゾンでなにかが起きたというわさが、とうとう外部に漏洩《ろうえい》しはじめたのだ。その結果、地球じゅうの各国から、特殊部隊、科学者チーム、ありとあらゆるジャーナリストの群れが送りだされ、中央アメリカの各空港に殺到しつつあった。英領バミューダの首相にいたっては、地球外言語学者の一団を派遣したという。

スターンはためいきをついた。疲弊した分析官たちが、室内のあちこちからちらちらと横目で見ているのが感じられた。

ありがたいことに、ＩＳＳとの連絡が途絶したことは、訓練ということでごまかされている。アマゾン上空にはアメリカの戦闘機隊が常時哨戒《しょうかい》しており、密林の隔離地域に侵入を試みる不審な訪問者を寄せつけていない。飛行を制限させているブラジル空軍についてもだ。運悪く最悪のタイミングで通りかかったＴＡＭ401便については、現在、乗員乗客全員を、ボリビア西部にある軍飛行場のエプロンに強制隔離している。スターンとしては、民間人の目撃者を隔離しておけるのはきょう一日が限度で、それ以上はむりだろうと踏んでいた。

残念なことに、〈神の指〉動画は、すでにネットに出まわってしまったあとなのだ。

この動画が呼び起こす波紋を抑える手段は、軍の情報支援オペレーションに一任するしかない。心理作戦という呼称が生きていた何年も前の時代であれば、ここは空軍の古参兵たちが輸送機で各地を飛びまわり、大量のビラを撒《ま》いていた場面だろう。現在では、この手の仕事は情報を操作する専任部隊の役目となっている。多数の専門チームが各国の言語でせっせと真相を惑わす言説を仕立てあげ、ありとあらゆるソーシャル・メディアにばらまくのだ。さらに、ＡＩを使ってオリジナル動画の〝合成捏造《ディープ・フェイク》〟バージョンをいくつも作成し、気の毒なミセス・ベローソに関してでたらめの背景をからませ、〝真相はこうだ〟とする陰謀論をあれこれとでっちあげて流してもいる。

スターンはもういちど吐息をつきそうになるのをこらえた。

この件が国際紛争化するのは時間の問題だ。それは痛いほどよくわかっている。机上に置かれた事象連鎖シミュレーションの報告書によれば、軍事衝突に発展する可能性は九〇パーセント以上に増大していた。もっとも発生する可能性が高いのは、ブラジルと合衆国との領土紛争と見られる。その引き金を引くのは、アメリカ人を装ってアマゾンに潜入し、暗躍している、ロシアか中国の工作員たちだろう。

国際宇宙ステーションと連絡をとろうとするあらゆる試みは失敗におわった。ステーションからの協力がないかぎり、新たな宇宙飛行士を送りこむことはできない。フィールド・チームとも連絡は途絶したままだ。木の枝を使った最後の懸命なメッセージが発見されて以来、ずっと音信不通がつづいている。要するに、スターンにはもう、打つ手がないのである。

しかし、じつはこのとき、こうした手詰まり状態に――よい方向へ向かうか悪い方向へ向かうかはさておき――変化が訪れようとしていた。

スターンはのちに、ソフィー・クラインから連絡が入ったとき、心から安堵したと述べている。

〝その時点にいたるまで、ことごとくが逆境で、もはや首に絞縄《こうじょう》をかけられて絞首台に立たされたも同然の状態だったからね。彼女から連絡がきたときには、心底から喜んだものだよ。やれ、これで助かった、どうにか急場をしのいだぞ、と思ったわけさ〟

ＩＳＳからの暗号化メッセージがとどいたのは、11：04：11協定世界時《UTC》のことだった。スターン将軍は通信を一時保留にし、奥の専用ブースに移動した。状況がコントロールルームの大型モニターに映しだされることをきらったのだ。メイン・スピーカーで部屋じゅうに音声が流れるのも困る。しかし、小さなブースを仕切るガラスごしに、将軍のようすを見ていた分析官たちは、通話のあいだ、将軍がひとつの表情しか浮かべなかったことに気がついていた。それは苦渋の表情だった。

受信を開始してから、スターンは十五秒待った。クラインはメッセージをどうまとめようかと考えているようだ。

「はじめてくれ」こらえきれずに、スターンはうながした。「報告をたのむ、クライン」

「スターン将軍。こうしてわたしと話をするのは、あまりいい気分ではないでしょうね」

スターンは鼻を鳴らした。〝いい気分ではない〟などというなまやさしい心境ではない。

「けれど、いい気分になってもらう必要はないの。わたしはただ、あなたに理解してほしいだけ。

あなたもほかのみんなも、アンドロメダ因子が兵器として利用されることを恐れている。いまこのとき、あなたに伝えなくてはならないのは、あれの真の目的は兵器などではないということよ。じっさいには、アンドロメダ因子はね――きわめて強力な道具なの」

「クライン、よく聞いてくれ」スターンはいった。「きみは頭がいい。しかし、もうやめるんだ。なにをしようとしているのであれ、あきらめろ。人類という種全体に対して、一方的な決断を下す資格は、きみには――」

「では、だれが下すというの？　あなた？　それとも、軍服を着た別の人間？　この日、わたしはひとつの決断を下しているところなのよ。そしてわたしは、自由を選ぶの」

「きみが選んだのは反逆にほかならない」スターンは苦渋の表情で指摘した。

交渉は急速に決裂しつつある。合理的解決を期待するのは、もはやむりのようだ。この状況を作りだした原因のかなりの部分は、クラインの大仰な物言いに対する反発にあるのではないか、とスターンは思いはじめていた。

ゆえに、つぎに聞かされたことばには愕然とした。

セキュリティの専門家のあいだではよく知られることだが、情報窃盗の大半は、コンピュータへの侵入によるものではない。コンピュータを操作する人間を使って情報を盗ませるケースが圧倒的に多い。いいかえれば、一般的な情報窃盗は、相手の弱みを握り、思いどおりに動かすことで成立する。これ自体、複雑なスキルではあった。したがって、高度な人の弱みにつけこむ手法《ソーシャル・エンジニアリング》には、入念な準備と、つけこもうとする相手に関する深い知識が必要になる。

この場合、クラインはその両方を示した。

とりわけ、スターンに対する理解は深かったと思われる。四人の娘の父親であるスターンは、現実的であり、慎重すぎるほど防衛重視の傾向が強い。意識の焦点にいつもあるのは、自分の国家を他者の陰謀から護ることだ。

「わたしたちは、わが国を護らなくてはならないの。将軍」とクラインは切りだした。「過去のいずれかの時点で、わたしたちの大気は敵性の地球外微粒子を撒かれたわ。五十年以上にもわたって、わたしたちはその正体を解明しようとしてきたけれど……なにもわからなかった。やがてアンドロメダ因子を理解しようとする努力は、それ自体が目的化してしまう。そして、かつては複雑で深遠だったさまざまな疑問が、ついにはごく単純なものになりさがってしまった。つまり――〝どの国が最初にアンドロメダを解明するか〟よ。

その答えを、いまのわたしは知っている。わたしたちよ。アメリカ合衆国よ」

将軍はいつしか話に耳をかたむけていた。真剣に耳をそばだてていた。

「要点をいいたまえ」

「わたしは鍵を作ってドアの錠前をあけたの、将軍。アンドロメダ因子をいかに逆行解析《リバース・エンジニアリング》するのか、その答えはわたしの頭の中にあるわ。そしてデータは、このステーションの〈ワイルドファイア・マークⅣ〉実験棟モジュールの中。それをたしかめる実験自体は、地球上でもひときわ人口のすくない地域のひとつにおいて、大規模に実行している最中なの。アマゾン盆地は環境保護の聖地だから、どのような国家もあそこに核兵器を射ちこむことには二の足を踏むでしょう。それにあそこは、わたしたちの発見があげる利益をもっとも効率よく回収できる場所でもあるのよ」

「そうとうに手がかかっただろうな。いくらきみでもだ、博士」スターンはそういって、額に手をあて、冷や汗をぬぐった。「しかし、あまりにも勝手が過ぎないか。一方的にやりたいことをやっておいて、事態がまったく新しいレベルを迎えてから——もはや取りかえしがつかないところまできてからあやまるというのは、どんなものだろうかね」

「わたしたちは成功したのよ。わからないの、将軍？　精霊《ジン》を魔法のランプから呼びだせたの。もはや精霊をランプにもどすことはできないわ。けれど、精霊はわたしたちのもの」

「なるほど。くわしい話を聞こう。きみがなしとげたこととはなんだ？」

「アンドロメダ因子は、わたしたちをこの惑星に封じこめるものだったのよ。かわりにわたしは、そのとてつもなく強靭《きょうじん》な物理特性を乗っとって、星ぼしに架ける橋を造らせたの、将軍。これでわたしたちは、完全に機能する宇宙エレベーターを手に入れたわ。テザーの釣り合い錘《カウンターウェイト》となるのは、この宇宙ステーション自体。これから先、合衆国は何千トンもの物資を、ほぼコスト・ゼロで軌道上へ運びあげられるようになるのよ。これは領土拡張のための新しい〈明白な運命《マニフェスト・デスティニー》〉。この太陽系の隅々まで、合衆国の人間が制覇するの」

「宇宙エレベーター……」それまで立っていたスターンは、どすんと椅子に腰を落とした。

「製造方法は因子の表面のすぐ下に書いてあったわ。アンドロメダは機械なの。それも、たいして複雑ではない機械。因子をリバース・エンジニアリングした成果は、わたしから人類への——

とりわけ、アメリカ合衆国への――プレゼントよ。そしてね、将軍……わたしを止めようとする者に対しては、それがだれであれ、抵抗します。わたしたちを、種としての人類を止めようとする者は、というべきかしら。わたしを、というよりは、わたしたちは宇宙に進出するの」

スターンは長いあいだ黙りこんでいた。片手をふたたび額にあてがう。クラインの熱弁の下に抑えがたい熱狂が潜んでいることを、スターンは聞き逃さなかった。クラインの宣言は壮大すぎて、滑稽なほどだ。のちにスターンは、このとき痛感した思いをこう語っている。

〝自分自身の肉体的な障壁を克服する過程で、ソフィー・クラインは天才的な才能のすべてをつぎこみ、文明発展の障壁を打ち破ろうとしたんだろう。彼女には、アンドロメダ因子がその障壁の根源に見えていたんだと思う〟

いずれにしても、実現した宇宙エレベーターは、とてつもない余波を引き起こすはずだった。その存在がもたらす波乱が徐々に見えてきた。もしもそれがほんとうに実用になるのなら、クラインは人類史上のどんな機械よりも価値ある機械を創造したことになる。これほど効率のよい施設は、たちまち世界のパワー・バランスを変えてしまうだろう。それほどの資産を護り、活用するためには、他の超大国に対して、気の遠くなるような額の経済的補償をする必要が生じる。へたをすれば、大規模な軍事力の露骨な行使にも発展しかねない。さらに、あらゆる国に対して、無数のばかげた約束をさせられることにもなる。

ただでさえ合衆国は、その手の問題を多すぎるほどにかかえているのだ。

スターンはしばしば、真剣にこの問題を検討した。

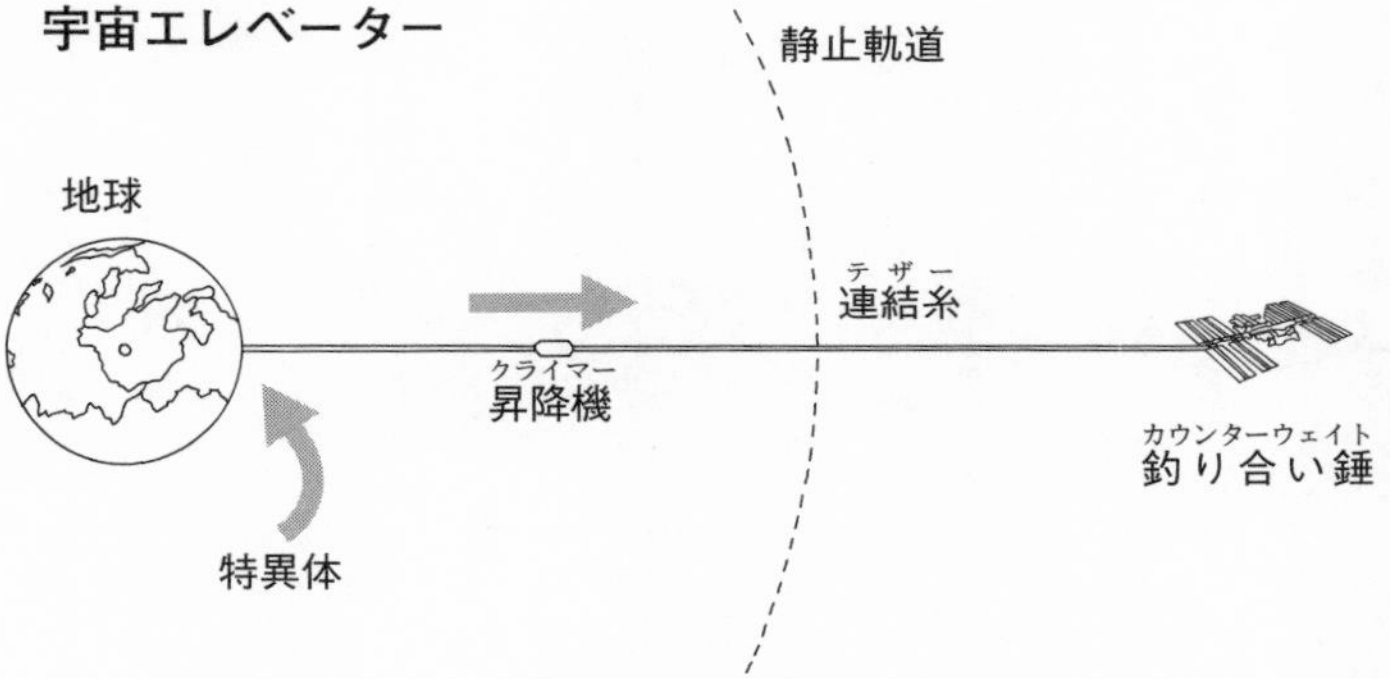

父親としてのスターンが保護意欲の強い人物であるというクラインの想定は、まちがってはいなかった。しかし、彼女にも思いがおよばなかったことがある。ティーンエイジャーの子を持つたいていの父親と同じように、スターンもまた、子供たちからの絶えざる無理難題にさらされ、それらと真剣に取り組み——拒絶することに慣れているという事実だ。

「クライン。きみの行為は人類という種を危機に陥れることにほかならない。きみの宇宙エレベーターは、人類が完全には理解していないなにかによって築かれた。それはこの惑星上のあらゆる生命を滅ぼしてしまう恐れがある。現時点できみに願うのは、同乗のクルーメイトたちとともに、地球へ安全に帰還してくれることだ。きみが死刑宣告をまぬがれるよう、全力をつくす」

「死刑宣告なら、子供のときに受けて以来、ずっととなりあわせで生きてきたのよ」とクラインは答えた。「そんな脅しなど怖くはないわ。かわりに、わたしのほうから怖い話をしてあげましょう。すでにロシア政府と中国政府には、いまあなたにしたのとまったく同じ話をしてあるの。両国とも、宇宙エレベーターの所有権をはっきりさせようとして、大がかりな軍事リソースを動員しているところ。判断をあやまらないことね。可能と見れば、彼らはかならず所有権を主張するわ。だから、わたしの申し出を受けいれなさい。さもなければ、彼らが喜んで受けいれることになるでしょう」

「すると、さっきまでの愛国的なせりふは、ただのポーズだったわけだ。きみはだれに対しても忠誠心を持っていないんだな」

「わたしの忠誠は人類全体に向けられているのよ、将軍。わたしはね、わたしといっしょに歴史を作りましょうと提案しているの。断わるというなら、わたしの行く手からどいてちょうだい」

緊張に満ちた十秒間が経過した。

「よくわかった」やっとのことで、スターンは答えた。「しかし、この種の決断となると、わたしの立場でさえ、判断できるものではない。もうすこししたら連絡する」

「三十分、あげましょう」そういって、クラインは接続を切った。

スターンは受話器を置いた。それから、専用ブースのガラスのドアに歩みより、大きく押しあけ、コントロールルームに出た。部屋じゅうの分析官が、相互の会話をやめ、いっせいにこちらを見た。いちばん手近の分析官にうなずきかけて、スターンは落ちつきはらった声でいった。

「もう一杯、コーヒーを持ってきてくれるか」

そして、疲れた目を押さえながら、ゆっくりと室内を歩いていった。やがて司令コンソールにたどりつくと、ふと思いだしたような口調になり、もうひとこと、こういった。

「ああ、それとな。大統領と話をしなくてはならないようだ。それも、できるだけ早急に」

39
Z軸

　三人の生存者は制御室に固まってすわり、はるか高みを吹きぬける風のかんだかい音を聞いていた。天井に口をあける明るいシャフト状の構造物と、その中心を貫いてそそりたつ六角柱形の尖塔――その奇観と壮観がもたらす感銘は、いつまでも衰えることがない。

　ストーンにはわかっていた。事態が急に変化しないのであれば、景観と呼べるものを見るのはこれが最後になるだろう。

　制御室はしだいに霊廟《れいびょう》のように思えてきた。徹底的に探してみたが、見つかった出入口はひとつだけ――きちんと仕あげていない、壁面にあいた六角形の開口部だけだった。そこから奥へ、ななめのトンネルがつづいている。おそらく補給物資を運びこむために使われていたものだろう。ただ、高さ数十センチの木箱が通る大きさしかなく、たとえ這いずっていったとしても、ここを通りぬけられるものかどうか。最後の最後には、それに挑戦してみるしかなさそうだ。

　しかし、生き延びられる見こみはどんどん小さくなってきている。

ストーンとヴェーダラにも、この構造物の仕組みくらいは推測できた。宇宙エレベーターの概念は目新しいものではなく、一八九五年、ロシアの科学者コンスタンチン・ツィオルコフスキーがはじめて提唱したものである。以来、物理学者たちは何世代にもわたって、このアイデアが科学的に実現可能かどうかをくりかえし検討してきたが、成果はあがっていなかった。画期的に進んだ構造材がないかぎり、実現は不可能に思われたのだ。

なにより重要な要素は、丈夫で軽い連結糸《テザー》である。このテザーに使う素材は、信じがたいほど強靭であると同時に、とてつもない柔軟性を必要とする。糸条一本あたりに要求される耐荷重は、すくなくとも一五〇GPa《ギガパスカル》。さらに、静止軌道の向こうへは、質量何百トンもの釣り合い錘《カウンターウェイト》を置く必要がある。それに加えて、糸条の長さをすこしでも短くして負荷を減らすため、地球の赤道上に高さ一キロ半はある繋留タワーを築かねばならない。

要求水準が高すぎて、これではとうてい実現不可能だ。すくなくとも、不可能だった。そこへカーボン・ナノチューブが発見され、可能性が開けてきたものの、実現までには時間がかかる。そこでクラインは、アンドロメダ因子の構造を逆行解析《リバース・エンジニアリング》し、それを素材として利用する方法を考えついた。この〝ナノマテリアル〟を用いて地表に繋留タワーを築きあげ、そこに静止軌道から地表に伸ばした〝ナノマテリアル〟のテザーをつなぐ。そのテザーのカウンターウェイトに利用したのが、人類がかつて建造したなかで唯一その任に堪《た》える大きさを持った構造物、国際宇宙ステーション《ISS》である。この時点で、クラインはテザーを地球まで伸ばし、ISSを加速させて静止軌道の四〇〇〇〇キロ外に到達していた。約四万キロはとてつもなく遠い距離だが、昨今、打ち上げられる通信衛星なら、ものの数時間でこの高度に到達できる。

ともあれクラインは、繋留タワーとテザーを造り、ISSという、静止軌道の向こうに置くカウンターウェイトを用意した。未完成の構成要素は、あとひとつ。

貨物運びあげ用のプラットフォームである。制御室中央の、六角柱の基部を取り囲むプラットフォームは、ロボット昇降機《クライマー》にほかならない。これで六角柱を上昇していき、さらにその上のテザーを把持《はじ》して、何キロも上の軌道まで延々と昇っていく。上昇には、一対の麵棒《めんぼう》に似たシンプルな機構を用いる。二本の把持ローラーでしっかりとテザーをはさみこみ、そのローラーを回転させ、プラットフォームを引っぱりあげるのだ。把持ローラーを回転させる電気はテザーそのものから供給される。テザー自体の素材が導線の役割をはたすわけである。

シンプルにしてエレガントな設計だった。

ダムはクライマーに電力を供給する水力発電を行なうためと、この地上ステーションを最終的に浮かせる湖を形作るためのものにちがいない。浮かせることにより、地上ステーション全体を数度の範囲で横方向へ移動させられる。こうすることで、テザーは軌道上の大きなデブリや障害物を回避できる。

だが、この特異体の機能を理解できたからといって、自分たちが助かる役にたつわけではない。

トゥパンはしばし、木箱を積んだ木製運搬台《パレット》のあいだを飛びまわり、ロープをほどくのに夢中になっていた。聡明で好奇心の強い少年は、ここでもきわめて有能であることを証明した。たちまち梱包《こんぽう》を解く方法を見つけだし、つぎつぎに木箱のふたをあけだしたのだ。どの木箱の中にも、食料や飲み水は入っていなかった。中身はエレベーターを完成させるために使う建設材料や工具ばかりだった。

だが、ある箱をあけたとたん、トゥパンが驚きの声を発した。

あわてて駆けよったストーンが覗いてみると、中から自分の顔が見返していた。あっけにとられた表情をしている。自分の顔が映りこんでいたのは、金色の鏡面仕様バイザーだった。そこに収められていたのは、きちんと梱包された宇宙服だったのだ。木箱のふたを床に放りだし、ストーンは内部全体を確認した。箱には二着の宇宙服が入っていた。ひとつは大きめ、ひとつは小さめ。ともに純白と金色で構成された宇宙服が二着、梱包用の小粒緩衝材《パッキング・ピーナッツ》を敷きつめたベッドに横たわっている。こうして見ると、遊園地のボールピットで大量のボールに埋もれかけた肥満児のようにも見える。

「標準品ではないわね」ヴェーダラも木箱の中身を見にきた。「クラインはNASAのコネを使ってプロトタイプを確保したんだわ。これはZシリーズよ」

ヴェーダラはそういって、一着の肩についている記章を指さした。見やすい文字デザインで、〈Z-3〉と書いてある。よく見ると、この宇宙服は伝統的なかさばるタイプ——EMUとして知られる、白い船外活動ユニット《エクストラヴィヒキュラー・モビリティ》ではなかった。あれよりも小ぶりでスリムな造りだ。上部胴体は硬い殻《ハードシェル》タイプで、背中側がぱかっと開き、装着者が簡単にすべりこめるようになっている。全体に高機能複合外被《オーソ・ファブリック》でできているため、ストーンが片手で持ちあげられるほど軽い。

宇宙服にはNASA承認のアクセサリーもいろいろとついていた。そのなかには、保持索《テザー》フック数組も含む。これは先進的な保持索《テザー》と金属環《カラビナ》のセットで、宇宙飛行士が国際宇宙ステーション外で船外活動《EVA》を行なうさい、どこかへただよっていかないよう、ステーションの外殻につないでからだを確保しておくためのものである。

アマゾンの密林のただなかにこれほど充実した宇宙飛行士の装備があるとは……笑ってしまいそうなほど場ちがいではある。しかし、こうした装備を目《ま》のあたりにすると、この部屋の目的がいっそうリアルに感じられた。

ストーンとヴェーダラは、途方にくれて硬い床の上にすわりこんだ。とりあえず、いま手元に残っている使えそうな携行品を目の前にひととおりならべてみる。最後まで残っていた携行品の目録は、携帯口糧少々、ヴェーダラのポーチに入れてあった水一本（折りたたみ可能容器入り）、バッテリー・パック数個、動かなくなった〈カナリア〉ドローン一機——それだけだった。なにより腹だたしいのは、まだ携行していたイリジウム衛星電話だ。あらためて通信を試みたものの、そびえるシャフトが細すぎて、とても信号を送りだせなかったのである。やはり一定範囲の空が見えていないと、衛星電話はなんの役にもたたない黒いプラスティックの塊でしかない。

「床のハッチをあけて、たまった水を飲めば、一週間以上は生きられるだろうけれど。あんまりエレガントな方法ではないわね」ヴェーダラの口調にはあきらめがにじんでいた。「そのまえに、スターンかほかのだれかが、この構造物を破壊しようとするでしょうし」

「破壊ったって、こんなもの、どうやって破壊しようというんだ？」

「たぶん、核は使わないわ。核については過去に教訓を学んでいるから。使うとすれば、通常の爆弾かしら。あるいは、ナパーム弾」

ストーンは大きく吐息をつき、ふたたびシャフトの上方に目を走らせた。いまにも液体の炎が灼熱の滝となり、シャフトののどをなだれ落ちてくるのではないかと思うと、気が気ではない。しかし――そこでぴたりと、ストーンの目が動きをとめた。

何度かまばたきをしてから、額に手をかざす。

「待てよ」とストーンはいった。「待てよ。宇宙につづくテザーはそれ自体が導線になっていて、昇降機《クライマー》に電気を供給する。そうだろう？」

「そのとおりよ」

「だとしたら、テザーは電波信号を伝達するんじゃないのか？　つまり、ぼくらがここにすわって見あげているのは、世界最大の――」

「アンテナ！」ヴェーダラは愕然とした声を出し、即座に立ちあがった。「どうして気がつかなかったのかしら！」

調査行がはじまった当初からずっと、衛星電話はヴェーダラの悩みの種だった。いま、両手で電話を持ったヴェーダラは、外付けアンテナ用端子に細いアンテナ線を接続した。ストーンはすでに、被覆を剝《む》いて導線を露出させたアンテナ線の先端をクライマーに巻きつけおえている。理屈の上では、これで衛星電話は機能するはずだった。だが、そうとわかってはいても、起動させるさいには思わず固唾《かたず》を呑んだ。

クールなブルーの画面がともり、つぎつぎに数字が切り替わっていく。

南アメリカ大陸をめぐる極軌道上に展開したイリジウム通信衛星群のなかから、接続可能な衛星を探しているのだ。

電話に表示された最後の数字がまたたき、ふっと消えた。

「しかたない……試してみるだけの価値は――」ストーンがいいかけた。

が、そのことばは軽快な接続音でさえぎられた。衛星につながったのだ。デジタルのさえずりが衛星電話からあがったかと思うと、先方につながったことを示すビープ音があがり、一連のカチカチというリレー音のような音がつづいた。それから、

「こちら北方軍《ノースコム》、待ちかねたぞ！」聞き覚えのある声が衛星電話のスピーカーから流れ出た。

「ワイルドファイアだな？　きみたちだな？」

ヴェーダラは口もとに衛星電話を持っていき、

「スターン将軍」と応えた。「あなたのフィールド・チームよ。また声が聞けてうれしいわ」

「こちらこそ。おたがい、思いは同じだ。状況は？」

「昨日、特異体内部に侵入。主構造物は水力発電所だったことが判明。第二の構造物は宇宙エレベーターよ。すでにもう、気がついているでしょうけれど。調査行の途中で、先住民の男の子がひとり加わったわ。それから……」

ここでヴェーダラはことばを切り、ごくりとつばを呑みこんで、

「わたし、ジェイムズ・ストーン博士、その男の子——この三人が、いまも生存している調査隊のメンバー。現在地は宇宙エレベーターの基部」

十五秒ほど沈黙があった。スターンが状況を咀嚼しているのだ。

「尖塔の底にいるんだな？」ややあって、スターンの声がきいた。

「そのとおり」

「客死した各人には、心より哀悼を捧げる」しばしの沈黙ののち、スターンがいった。「当初の作戦には著しい変化が生じた。クラインからなにかいってきたか？」

「貴重な命が失われたのは、そのクラインに原因があるとわたしたちは考えているわ。クラインはアンドロメダ因子をリバース・エンジニアリングして、この特異体を築いたの。いまや十字軍気どり」

「同感だ。しかし、事態はわたしに対処できる次元ではなくなった。きみたちに対する指示は、計画を中断し、救援を待つことだ。その巨大装置は現在、合衆国政府の資産となっている。とてつもなく大きな価値を秘めたしろものとしてな」

ヴェーダラは愕然として、電話を顔から離した。その電話を、ストーンはそっと彼女の手から取った。心の中で醸成されつつあった仮説が、いま、ようやく形をなしつつある。

しかし、それを裏づける証拠が必要だった。

「将軍？」ストーンが電話にいった。「ひとつ重要な質問をさせてもらわねばなりません。ISS上に新たな変異の徴候をとらえていますか？　なにか変わったことは？」

応答がくるまで、三十秒を要した。

「なにを知っている、ストーン？」

「まだ知識と経験に基づく推測でしかありませんが。もしもわたしが正しければ……すでに司令部は新たな種類の変異をとらえているはずです。おそらくそれは、〈ワイルドファイア〉モジュール全体に広まりつつある。それも、クラインの手には負えないレベルで」

「どうしてそれを――」

「イエスかノーか、どっちです、将軍」ストーンは語気を強めた。

「イエスだ」やっとのことで、スターンは力ない声で認めた。「ＩＳＳがすでに高度四万キロにまで移動しているため、とらえるのは簡単ではなかった。しかし、われわれが軌道上に保有する複数の映像監視施設は、〈ワイルドファイア〉モジュールの外被になんらかの……侵蝕体……が広がっているようすをとらえている。一時間前、そのなにかは、隣接する〈レオナルド〉多目的補給モジュールの一部を消化しだした。侵蝕体は従来の因子とは別の材質でできているらしい。紫色を帯びた何本もの黒い触手が主で、全体に生物的な様相を呈している」

　ストーンは衛星電話をヴェーダラに返し、

「上に昇らなくては」といった。

「いったいなにをいってるの？　たとえ可能だとしても、なんのために？」

「ずっと温めていた仮説なんだが……最初のアンドロメダの進化は、生物との接触がきっかけで起こった。そのときの変異でできたのがＡＳ‐２だ。この変異体は重合体《ポリマー》を食うタイプに進化し、みずからを閉じこめていたワイルドファイア研究所の外へ漏出した。それ以来ずっと大気上層に浮遊して、新たな進化の機会を待っていたんだよ。そして、つぎなる進化の引き金をクラインが引いた。いまではそう、ぼくは思っている」

「引き金？」

「いま聞いた新たな侵蝕は……加えられた刺激に対する反応じゃないだろうか」

「つまり、アンドロメダ自体が、リバース・エンジニアリングされたことに反応した？」

「そのとおり」

「なぜそこまで自信を持っていいきれるの？」

「なぜなら、クラインのリバース・エンジニアリングがあまりにも簡単にいきすぎたからさ」とストーンは答えた。「アンドロメダはわれわれが見たなかで、もっとも進んだテクノロジーの産物だ。はるかなむかし、遠い星々からこの惑星に送りこまれてきた可能性もある。たしかにクラインは、超がつくほど優秀かもしれない。だが、あの微粒子がそう簡単にリバース・エンジニアリングを許すとは思えない――最初からそれを許容するよう設計されていないかぎり」

「なるほど……それで、アンドロメダが新たに進化して、こんどはなにになったと思うの？」

「そこはどうでもいいんだよ、ニディ。アンドロメダは自己複製を継続している。現状ではそれを止めるすべがわからない。重要なのはそこだ。新たな変異体がどういうものかはわからないし、知りたいとも思わない」

　衛星電話のランプが点滅し、スターンがふたたびしゃべりだした。切迫した口調だった。

「その変異体がなにか、見当がつくか？　どうすれば拡大を止められる？」

「アンドロメダがなにになろうとしているのであれ」ストーンはヴェーダラにいった。「すでに国際宇宙ステーションの一部を食らいはじめている。いますぐ軌道にあがって止める方法を見つけないかぎり、その侵蝕体はいずれテザーを這い降りてきて、われわれの惑星を侵蝕しだすぞ」

ヴェーダラはすこし考えてから、こう答えた。

「ほかにも方法があるわ。軍ならテザーを切断できるでしょう。ミサイルを発射させるの」

ストーンはかぶりをふった。

「たとえ軍を説得して、ミサイルを発射させられたとしても、切断すればたいへんなことになる。この上には何万キロものテザーが伸びているんだ。さっき将軍は、ＩＳＳが高度四万キロに——静止軌道のずっと向こうに達しているといっていたろう。おそらくクラインは、ＩＳＳ自体を使って、テザーの自重を支える釣り合い錘《カウンターウェイト》にしようとしているんだ——静止軌道を離れても、なんらかの手段で〝静止〟状態を維持させたまま。それにはかなり複雑な制御が必要だろう。下手にテザーを切断して衝撃が上まで伝われば、その微妙な制御が破綻して、ＩＳＳはテザーの何百トンもの重みに引っぱられ、地球に接近したあげく、大気圏に再突入して炎上し、ばらばらに分解する恐れがある」

「そして、炎上するアンドロメダの新変異体も、地球全体にばらまかれる……」

「テザーを切断することで、逆に侵蝕拡大を招くんだ。といって、手をこまぬいていれば、新たに進化した侵蝕体はテザーを這い降りてくる。だから、いまいったように、軌道にあがらなきゃいけないんだよ。クラインがこの新変異体を作ったのなら、どうにかして作りなおさせられるかもしれないだろう」

「彼女のかわりにわたしが作りなおしてもいいわ、クライン自身のツールを使って」

ストーンはうなずいた。

「いずれにしても、ほかに選択の余地はない」

ヴェーダラは唇を嚙み、しばし思案した。ついで、大きく息を吸い、尖塔を見あげた。それから、衛星電話に向かってこういった。

「将軍――これからいうことをよく聞いて」

40　作戦準備

ストーンは気分の高揚と同時に、奇妙に醒めた感覚を味わっていた。金属光沢を帯びた鋼鉄の昇降プラットフォームは、基底の位置に収まっている。まるでＳＦ作品から抜け出てきたようなたたずまいだった。前代未聞のこの機械をどうやって始動し、どうやって制御するのか。それはまさしく技術上の挑戦だ。

いっぽう、ストーンにとっての個人的な挑戦は、上に昇る腹をくくることだった。

「このコントロールパネルはちゃんと機能しているわ」ヴェーダラが呼びかけてきた。「クラインの遠隔アクセスを排除するよう、できるだけの手は打ったけれど。ただ、国際宇宙ステーション《ＩＳＳ》は静止軌道の外側にいるの。静止軌道にはいないのに、地表から見て同じ位置に静止しているからには、あなたがいったように、推力をかけて高度と軌道速度を複雑に調整しているんでしょう。とにかくいまは、ＩＳＳの遠心力と外側への加速がテザーの自重を相殺している状態。静止軌道を支点にしたシーソーを思い浮かべてみればいいわ。シーソーのいっぽうにはテザーが、も

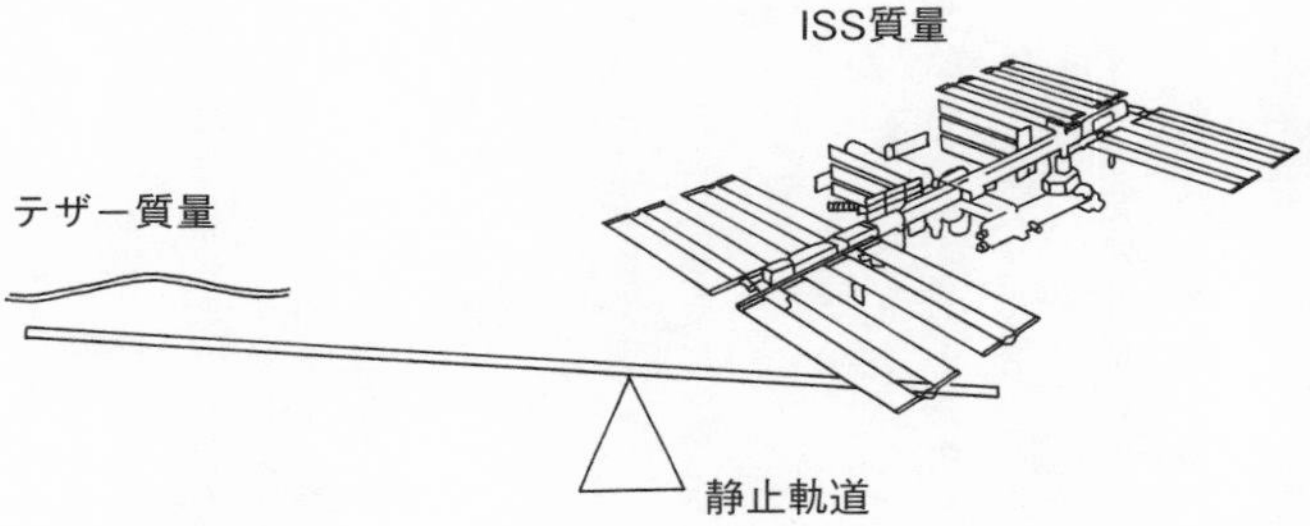

ういっぽうにはＩＳＳが乗っている。ＩＳＳのほうがずっと重いから、支点のずっと近くにある。重量比ではＩＳＳのほうがテザーより重い。この差分が運びあげられる重量よ。ただ、ＩＳＳがもっと遠くまでいかないかぎり、テザーにそって貨物を運びあげる能力はごくわずか。いまのところ、この宇宙エレベーターの本格的な運用はむりね」

「そこのところはましになっているんじゃないかな」とストーンはいった。「運びあげる能力は、静止軌道からＩＳＳまで――釣り合い錘《カウンターウェイト》までの距離に比例する。スターンのいうように、ＩＳＳが高度四万キロまで上昇しているなら、その増加分、運びあげられる重量もアップしているはずだ」

「問題は、どの程度アップしているかね」

「それはなんとも……。ただ、運びあげる重量とカウンターウェイトとの比にはなるはずだ。ＩＳＳが五〇〇トンで、静止軌道から四〇〇〇キロ外側にあるとしたら……運びあげ能力は一パーセントくらいか。その半分かもしれない。つまり、二トン半だ」

　プラットフォームを眺めやり、ヴェーダラはかぶりをふった。

「それではとても地表を離れるのはむりね。モーターだけでも一トンはあるもの。鋼鉄のプラットフォーム、把持《はじ》ローラー、全体の構造を考えれば……二トン半を大きく上まわるわ」

「そう、そのとおり、大きく上まわる」ストーンは木箱のひとつに身をかがめ、中をあさりはじめた。「ただし、よけいなものを捨てて身軽にすれば、許容範囲に収まる」

「絞りこむにしても、鋼鉄の床格子とモーターは必須として……」ヴェーダラはクライマーを眺めやった。「……生命維持装置をはずすわけにはいかないわ。真空に出たら死んでしまう。それ以前に、寒さでやられるはず」

ストーンはまじまじとヴェーダラを見つめ、反応を見定めた。その片腕には真新しい球形の白いヘルメットをかかえている。それから、反対の手で〈Z‐3〉型宇宙服の首まわりをつかみ、木箱から引きずりだした。パッキング・ピーナツがざらざらと床にこぼれ落ちた。

「さいわいここには、宇宙服が二着ある」

「まさか――」宇宙服を見つめて、ヴェーダラはいった。

「残念ながら、そのまさかだ」

ストーンのうっすらと顎鬚《あごひげ》の生えた顔に微笑が浮かんだ。その目は興奮と恐怖でぎらついている。ストーンは宇宙服にかがみこみ、くっついている緩衝材を払い落とした。

「シールド類はほとんど持っていけないがね。これを着ていけば保温の心配はないし、呼吸もできる。上昇速度は速ければ速いほどいい。これを着ただけでヴァン・アレン放射線帯をつっきっていくわけだから」

ヴェーダラは無言のまま、ストーンを見つめた。本気かどうかを見きわめているのだ。ややあって、これは本気だと判断した。

ヴェーダラの顔にもゆっくりと笑みが広がっていく。ストーンの興奮が伝染したらしい。背筋が苦しいほどぞくぞくするのをおぼえながら、ヘルメットを見つめた。

「実行可能かしら?」とヴェーダラはいった。

「理屈のうえでは、実行可能だろう」視線を返して、ストーンは答えた。「正気の沙汰じゃない。しかし、可能ではある」

「だとしたら、成算としては充分だわ」そういって、ヴェーダラはストーンの肩に手をかけた。「ワイルドファイア計画で残っているのは、わたしたちふたりだけよ、ストーン博士。それでは、ミッションを完遂しにいきましょうか」

ヴェーダラがコントロールパネルを起動しているあいだ、ストーンは最初から昇降プラットフォームに載せてあった貨物の木箱を突き落としにかかった。トゥパンは大喜びだった。木箱が床に落ちて割れるたびに、すばやく破片をよけるのが楽しいらしい。プラットフォーム上によけいなものがなくなると、ストーンは工具が詰まった木箱から見つけてきたポータブルのアセチレン・トーチに点火し、熔切《ようせつ》用の保護ゴーグルをかけた。

こんどはプラットフォーム自体をスリム化する番だ。

鋼鉄のフレームのしかるべき場所を切断し、プラットフォーム構造のさほど重要ではない部分を切り落としていく。トーチからたちまち煙が立ち昇り、切断された金属の断片がロボット・クライマーの周囲に山をなしていった。モーターと中央基礎構造にだけは近づかないよう心がけたが、それ以外の部分は容赦なく切り捨てた。

切断作業をしながら、テザーを昇りつめた先にはなにが待っているのだろうとストーンは思った。せめて応急的な簡易ドッキング・ベイが造られていればいいんだが。ベイができていない場合、昇りつめた先には死が待っているかもしれない。減速に失敗してISSに激突すれば、自分たちは死ぬ。同時にクラインも死ぬだろうし、同乗している宇宙飛行士たちも死ぬだろう。激突する事態にはならないにせよ、ISSに入る場所を探しているうちに、宇宙服の空気が尽きて窒息死してしまう恐れもある。

だが、それは冒さねばならないリスクだった。

ふたりが作業をするあいだも、尖塔の上端につながったリボンは、依然として奇妙な歌を歌いつづけていた。

「あの音、なんだと思う?」ストーンは疑問を口にした。

「おそらく、テザーが伸張する音でしょう」ヴェーダラは答えた。「ナノテクの観点からいうと、もっとも近いものは鳥の骨ね。あれはほんとうにすごいのよ。鳥の骨は、応力が最大となるところへ自然にカルシウムが蓄積されるの。軽量のまま強度を増すように。アンドロメダ材料も同じことをしているというのがわたしの推測。応力で裂けそうな部分が生じると、自動的に自己複製しているのよ。それが行なわれているのは、たぶんテザーの芯の部分。最大の応力がかかるところで微粒子が自己複製するさい、リボン全体が振動するんだわ。基本的に、わたしたちに聞こえているのは、これまでに作られたなかで最長のギターの弦と思えばいいでしょう」

最終的に、モーターを包む重い金属製カウルも取りはずしていくことになった。かくしてプラットフォームは、把持ローラーを用いた昇降機構と、露出させられたモーター、クライマーを環状に取りまく鋼鉄の床格子のみに削《そ》ぎ落とされた。床の格子はおとながかろうじて腰かけられる程度の幅しかない。

ヴェーダラはこの時点で、コントロールパネルの操作方法をひととおり把握していた。構成はきわめてシンプルだ。一本のレバーを引けばクライマーの電源が入る。発進ボタンを押せばクライマーはISSまで上昇する。ヴェーダラの見るところ、クラインは素人でも操作できるよう、ごく基本的な造りにしたらしい。

ヴェーダラはその仮定に賭けてみることにした。

ストーンとヴェーダラが一対の宇宙服を装着しはじめると、トゥパンがふさぎこんだようすになった。ストーンはヴェーダラと目を見交わしあい、装着を中断して少年に歩みよった。トゥパンの前で床に両ひざをつき、悲しみのにじむ顔でかぶりをふってみせる。

「悪いが、トゥパン」衷心《ちゅうしん》からの思いを声にこめて、ストーンは説得した。「子供サイズの宇宙服はないんだよ。ないんだ……鎧は」

トゥパンはむすっとした顔でそっぽを向いた。

ストーンは少年の肩に手をかけ、反対の手で安心させるしぐさをしながら、語をついだ。

「きっともどってくる、トゥパン。かならずきみを見つけだすから。約束する」

ストーンとしては、ドローンの通訳なしでも要旨が伝わってくれることを祈るしかなかった。少年は頑《かたくな》にストーンと目を合わせようとしない。目の上に髪がおおいかぶさるようにしているのは、怖くて悲しくて、その気持ちを見せたくないからだろう。

ストーンは立ちあがった。そして、

「約束だ」とくりかえした。

「だけどね、トゥパン——あなたにも手伝ってもらう必要があるの」ヴェーダラはそういって、トゥパンにコントロールパネルを指し示した。両手でパネルの各所を指さしながら、ゆっくりと話しかける。「ボタンを押してみたくはない？」

発光する赤いボタンの列を見やり、トゥパンは思わず、期待のこもった微笑を浮かべた。

「ぼとん？」

「そうよ」とヴェーダラはいった。「ただし、とっても、とっても慎重にね」

41　目標・ISS

それから三十分のうちに、ふたりの科学者は〈Z‐3〉宇宙服を完全に装着し、昇降機《クライマー》を取り囲む幅のせまい鋼鉄の床格子にすわっていた。ふたりとも、ブランコにすわる子供のように、ひざから下を縁《ふち》の外にたらしている。安全ベルトがわりにつけた保持索《テザー》フックの索条部は、〈Z‐3〉の腰にある結合具《アンカー・ポイント》に二重がけし、その先にあるフックを鋼鉄の床格子にしっかりと固定してあった。

ストーンは全身に振動が伝わってくるのを感じた。プラットフォームの骨格が通電され、モーターが動いているのだ。ヘルメットの中にはたっぷりと空間があり、バイザーは完璧に透き通っている。ヘルメットを宇宙服に接合する金属の襟環《カラー・リング》には無線機が組みこんであるため、胸部のコントロール・ノブで通信チャネルを同期させれば、ヴェーダラと話をするのもたやすい。

ただし、当面、会話は控えることにした。さっき食べたものをこの船外活動ユニット《MRE》の中にぶちまけないよう、必死に吐き気をこらえているからだ。

これこそは、離昇を目前に控え、ロケット発射場で待機する宇宙飛行士たち——みずからの生命と身体を賭し、星々へ飛びたつ勇者たちが等しく経験する感覚にちがいない。そのとき、手をぎゅっと握られた。横を見ると、自身も恐ろしいはずなのに、ヴェーダラがほほえみかけていた。自分の顔がストーンに見えるよう、ヘルメットの反射バイザー層を上にあげている。ストーンの目に、そんなヴェーダラは、とても小柄だが、とても勇敢に見えた。

「準備はいい？」ヴェーダラの声が、無線を通じてストーンのヘルメット内に響いた。

「いいというにはほど遠いがね」ヴェーダラの手を握り返して、ストーンは答えた。

ヴェーダラはうなずき、トゥパンに顔を向け、親指を立ててみせた。

何度も練習したとおり、少年は正しいボタンを押してくれた。速度調節レバーは、すでに適切な上昇速度にセットしてある。大気中を昇るあいだは、よりゆっくりとした速度で——摩擦のない真空の宇宙空間に出たら、加速して最大速度を出す。

「ほんとうに、これが稼動するのね……」プラットフォームにひときわ大きく振動が走りぬけると、ヴェーダラがいった。「ほんとうに、これに乗って宇宙に出るのね」

がくん、とクライマーが跳ねあがった。

上端にある二本の把持《はじ》ローラーががっちりと尖塔の両側面をはさみ、高速で回転してプラットフォーム全体を引きあげだす。ストーンが息をつぐひまもあらばこそ、クライマーはみるみる加速しだした。上を見あげるトゥパンの小さな顔が急速に小さくなっていく。

あっという間に、少年は見えなくなった。

肝の縮みあがる速度で、プラットフォームは猛然と尖塔を駆けあがった。五秒ほどのあいだ、五Gの猛烈な加速がつづき、腕を伸ばせばとどくシャフトのなめらかな内壁が、間近で見るハイウェイの路面のように、ものすごい勢いで下方へ流れつづけた。つぎの瞬間、プラットフォームは尖塔の上端に達して、全体ががくんと大きく揺れた。把持ローラーがはさむ対象が、尖塔から極細のリボン状テザーに切り替わったのだ。

プラットフォームは唐突に、まばゆい陽光の中に躍り出た。

シャフトの中の薄闇から、一転、輝かしく鮮烈な緑と青の世界に飛びだしたヴェーダラとストーンは、呆然として目をしばたたいた。飛びだした瞬間には、眼下に平坦で神秘的な湖が広がっていた。が、まばたきひとつするあいだに、湖はたちまち縮んで見えなくなり、密林の天蓋が織りなすエメラルド・グリーンの大海に取って代わられた。周囲にも上にも、めくるめく澄明な青空が広がっている。

見えない大型《スレッジ》ハンマーのように、強風がふたりを殴りつけてきた。

〈Z‐3〉宇宙服は、空気力学を考慮して設計されてはいない。そしてプラットフォームは、すでに圧倒的なペースで加速している。猛々《たけだけ》しいほどの空気の乱流は、強さも規模も桁はずれで、ふたりの科学者を圧倒的な力により、床格子に押しつけた。ふたりとも声も出せず、ただただ麻《ま》痺《ひ》したようになっている。

ストーンは息をするのも忘れていた。宇宙服のグローブをはめた指はしっかりと鋼鉄の床格子に食いこませている。背中と太腿に伝わってくるのはプラットフォームの振動だ。密林上空の、湿度の高い空気中を通過するにつれて、水分が凝結し、大きな水滴となり、ヘルメットのバイザーの外側を流れ落ちていった。灼熱の陽光が胸を打ちすえるのを感じた。同時に、体温調整アンダーウェアに張りめぐらされたチューブを流れる循環水が素肌を冷やしだすのも感じた。

バイザーごしに真上を見つめる。

リボン状のテザーは湾曲しながら、気の遠くなりそうな無限の彼方に伸びている。テザーは西へ五度、わずかに湾曲していた。地球の自転にともなうコリオリの力の影響だ。下を見おろせば、特異体＝ダムの前に広がった湖へ注ぎこむアマゾンの支流が見えた。だが、その支流はぐんぐん遠く、細くなり、はるかな茶色い掻き傷となった。ものの数秒のうちに、特異体の巨体はずっと下の黒い点にまで縮まった。

現在の上昇速度は時速八〇〇キロ。大気圏内での移動速度としてはそうとうに速い。もっとも、人工衛星をロケットで打ち上げて軌道へと投入するさいに必要な第一宇宙速度にくらべれば——これは秒速七・九キロ、時速にして二万八四四〇キロだ——這うようなのろさでしかなかったが。上昇は安定しており、なめらかだった。クライマーは大気下層の濃密な空気を切り裂いて上昇し、数分のうちに地球周回低軌道まで到達するはずだ。

ヴェーダラとストーンが挑戦しているのは、かつてどんな人間も経験したことのない旅にほかならない。前代未聞のこの移動手段は、新奇さと革新性において、最初の動力飛行にも匹敵する。ふたりの科学者は、サイエンス・フィクションがサイエンスに昇華しうることの生き証人だった。どんなにとほうもない夢であれ、まずは思い描くことこそが、その夢を結実させる最初の一歩なのである。

「気分はどう？」ヴェーダラがきいた。

しかし、ストーンのヘルメット内に響いた彼女の声は、すさまじい風切り音と奮闘するモーターのうなりとで、かろうじて聞きとれるだけだった。ことばで返事をするかわりに、ストーンは震える親指を立ててみせた。

宇宙服に内蔵されたポータブルの生命維持システムは、周囲の環境変化に応じて適宜機能してくれている。まわりが寒冷になると体温調整機構が働き、こんどはアンダーウェアのチューブを流れる循環水を温めだした。すでに宇宙服内での空気循環ははじまっており、二酸化炭素ほかの有害成分は除去され、浄化された空気を供給するとともに、気圧の下がってきた外気とは対照的に、一定の気圧を維持している。双方のヘルメットの外部では、低消費電力のＬＥＤが宇宙服内の状況を表示していた。

ほどなく、雲の堤に差しかかった。雲堤《うんてい》を貫いて進むあいだ、ストーンはヴェーダラを見た。猛スピードで流れゆく白い霧ごしに見えるのは、ヘルメットにちらつくＬＥＤの光だけだ。

あっという間に雲塊を通りぬけた。そのあとは、眼下に見える範囲が急速に広がっていった。摩天楼から見おろす特異体——世界最高峰から俯瞰《ふかん》するアマゾン——航空機から見わたすブラジル全体——もっともそれは、展望するというよりも、ロープで宙吊りにされて見ているという形容が適切な状態だったが。

眼下に見えるアマゾンの範囲は、いまだに畏怖をおぼえるほど広い。ところどころに低くかかった雲をまとう緑の大樹海は、黄金の陽の光をさんさんと浴びている。つい昨日までいた密林の中では、さんざん閉所恐怖にさいなまれたものだが、この高さから見わたせば、あの息苦しさはいっさい感じられなかった。かつては恐ろしく思えた多雨林も、こうして見ると繊細な地形にすぎず、無限に思えた広がりも有限であったことがよくわかる。そのアマゾンも、すでに輪郭がぼやけだしている。

宇宙への旅をはじめて一分と十二秒の時点で、クライマーは地表から一万二八〇〇メートルの高さに達していた。ここでふたりは、大きな雲海に突入した。いくつもの水の条《すじ》やティッシュのような雲の細切れが、周囲を音高く通りすぎていく。下を向いても、見えるのはプラットフォームの縁からぶらさがる自分たちの脚だけで、はるか下の地表はまったく見えない。この灰色の煉《れん》獄《ごく》に閉じこめられていた時間はほんの数秒だったが、体感的には何時間にも感じられた。

つかのま、雲海が途切れた。そのとたん、予想外の混沌に出迎えられ、物思いも景観への感慨も一気に消し飛んだ。

最初に見えたのは、遠い雲の中の、ぽつんと黒っぽいものだった。それがぐんぐん近づいてくる。

「あれは――」

ストーンは無線でヴェーダラに叫ぼうとした。が、そこから先はつづかなかった。黒っぽいものとは、ロシアのステルス戦闘機スホーイSu-57だったのだ。戦闘機は金切り声を発しつつ、テザーからわずか三〇メートルのところを通りすぎていった。その直後、こんどはアメリカのF

／A‐18Eスーパー・ホーネットが猛然と通過した。二機の超音速ジェット戦闘機は、ともに時速一六〇〇キロ以上で飛行しており、それぞれが放つ二重の衝撃波を受け、リボンは荒々しく打ち震えた。

このときストーンは、ほんの一瞬ながら、スーパー・ホーネットのパイロットがかぶるヘルメットのバイザーが陽光をとらえ、きらりと光るのを見た。こちらを見あげるパイロットの顔には、きっと畏怖の表情が浮かんでいたにちがいない。

プラットフォームはふたたび雲海に突入した。ヴェーダラとストーンは床格子にしがみつき、自分たちをプラットフォームに固定している保持索《テザー》をしっかりと握りしめた。視界をさえぎる白い霧に包まれたまま、付近にはジェット戦闘機が轟音をあげて飛びまわっている。そんな状況では、ふたりはただただ、身を寄せあうことしかできなかった。

十秒後、クライマーは完全に雲海の上へ出た。

このとき、ブラジル空軍の偵察機により、作戦可能限界ぎりぎりの高度から撮影されたクライマーの写真には、ふたりの科学者が上昇していく過程での、最後の姿が映っている。人の形をした白と金の小さなしみは、きらめきを放って上昇する金属プラットフォーム上でとなりあってすわり、幻想的にうねる白い雲海のすぐ上で、銀色に輝くリボンのそばにしがみついていた。

ふたりの下では何機ものジェット戦闘機が、アマゾン上空の制空権をめぐり、いまなお牽制しあっている。戦端が開かれていないのは、まだ攻撃命令が出ていないからだ。このとき、各国政府間では、熾烈《しれつ》な外交交渉と強硬な威嚇の応酬が交わされている最中で、あらゆる指標は、世界が戦争に向けて一触即発の状態にあることを示していた。それをよそに、飛びかう何十億ドルもの先進的な軍事機械のなか、無限にそそりたつ繊細な極細のリボン状フィラメント――。発端から丸五日を経て出現した星々へ架ける橋《テザー》は、かつて造られたなかでもっとも価値の大きな構造物だ。すべての大ピラミッド、すべての華麗な中世の城、天にそびえるすべての摩天楼を合わせたよりも、これはさらに価値が大きい。

このようなものに対処するガイドラインが存在しないうえ、このテザーがなんの前触れもなく現われたため、各国の対外官僚機構は虚をつかれた。未来はあまりにも早く訪れたのだ。要するに、どの国も引き金を引く準備ができていなかったのである。

ゆえに、いくら喧噪《けんそう》と混乱がはなはだしくとも、紛争には直結しなかった。

恐るべき兵器を搭載し、眼下の雲海を出入りしながら飛びかう何機もの戦闘機は、しだいに小さく縮んでいき、エンジンの轟音も遠ざかっていった。その光景が完全に見えなくなってかなりたってからも、衝撃波によるテザーの振動はつづいていた。それでも、姿の見えなくなった空の猛獣たちは、たがいに威嚇しあい、金属の牙を剝きだすばかりで、けっして交戦にまでいたることはなかった。

これからの危険は、下ではなく、上にある。

大気が希薄になるにともない、不気味な静寂が訪れた。ここにはもう、音を伝えられるだけの空気がないのだ。風の咆哮も聞こえない。この高さまでくると、ストーンにもヴェーダラにも、リボンの小さな歌声や、プラットフォームを信じがたいほどの高みに運びあげてきたモーターのうなりが、耳で聞こえるというよりも、からだで感じられるようになった。はるか下方の地表は、遠くなりすぎて細部がつぶれ、美しい抽象画と化している。それはむしろ、落下することへの真の恐怖をもたらした。

ヴェーダラはここで、真下から視線をあげ——愕然として息を呑んだ。地平線が目に飛びこんできたからである。昇りはじめてまだ六分、当初の胃を押さえつけられるような急加速で呼吸をととのえるひまもないというのに、早くもこんな高さにまで上がってきていたとは……。地球の曲面がはっきりと見える。その曲面を埋めつくすのは、輪郭のぼやけた青と白の模様だ。クライマーはすでにオゾン層を突きぬけ、中間圏に達していた。かつて高高度偵察機や気象観測気球が到達した最高高度よりも、いまはもう何キロも上だ。

この圧倒的な静寂の中、自分とストーンは地球を離れ、地球にすむすべての住民をあとに残し、宇宙へ出ようとしている——。

ストーンがいった。

「驚嘆のひとことだな。美しいなんてもんじゃない」

フィールド・チームのメンバーのうち、どうにか生き残れたふたりは、畏怖に打たれて世界を見つめた。いまだかつてこのような視点から地球を見たことはない。きらめく海の広がり、ひだをなす山々。明るく輝く地平線では、ありとあらゆる色彩と美がグラデーションをなし、外宇宙の冷たい虚空に移り変わっていく。

「ええ、ほんとうに」ヴェーダラは答えた。「七十億の人間が、この薄い大気層のもとに住んでいるのね。あまりにも繊細で、脆弱《ぜいじゃく》そうな光景だわ。なぜなら、地球の環境はそのとおりのものだからよ」

ふたりとも、もう二、三分、このすばらしい景観を楽しんでから、本来の仕事に注意を向けた。

「クラインが説得に応じると思うかい？」ストーンはいった。「こんなことを始めてしまって、引き返せると思うかい？」

「いいえ。覆水《ふくすい》は盆に返らないものよ」

「どうやってこの件を解決できるだろう？」

「解決はむりね、ジェイムズ。アンドロメダ因子は石油流出事故のようなものだから。ひとたび起こってしまえば、もはや止めることはできないわ。わたしたちにできるのは、封じこめることだけ。これ以上、広まらないように努めることだけよ」

ここで、プラットフォームが急加速し、ふたりの会話は断ち切られた。

地球の大気圏を脱したあたりから、重力が下に引く力も微弱になっている。にもかかわらず、心臓は地上と同様、宇宙空間では過度ともいえる心拍出量を持続しているため、ストーンは顔面鬱血《うっけつ》を起こした。脳静脈洞では血栓が形成されはじめている。目を頭上のリボンにすえたとたん、見当識がさかさまになった。まるで地球から落ちていっているようだった。

微小重力下では、上下の感覚がいっさい失われてしまうのだ。

空気抵抗が皆無になったため、クライマーの上昇速度はたちまち時速一万二〇〇〇キロ以上にはねあがった。だが、この速さを感じさせる唯一の徴候は小刻みな振動しかない。

最初のうちは、星がまったく見えなかった。太平洋に照り返す陽光が星の光を呑みこんでいたためである。だが、じきに無数の光点が天に現われだした。他の太陽系からとどく一兆もの光の点は、地平線付近では赤く染まって見える。やがてそこに、青みを帯びた天の川銀河の条《すじ》模様が加わった。

それから三時間強のあいだ、ふたりの科学者はことばもなく、大気に阻害されることもなく、ただただ肉眼で見る宇宙の美を心から堪能した。

やがてついに、プラットフォームに減速の兆しが見えはじめた。目的地が近づいてきたのだ。この旅で、ふたりはじつに四万キロを昇ってきたことになる。頭上には国際宇宙ステーションの暗色と白の外殻が膨れあがりつつあった。眼下の地球ははるか遠く、間近で見る青い水晶占いの玉程度にまで縮んでしまっている。

「見えるかい？」

ヴェーダラの耳に、ストーンの声がたずねるのが聞こえた。ノイズだらけの無線音声を通じてさえ、その声に恐怖が宿っているのが感じられる。

国際宇宙ステーション《ISS》は、いくつもの円筒形モジュール、横方向に連結するトラス群、優美な構造を持つ何エーカーもの巨大な太陽電池パドルで構成されている。黒々とした宇宙空間を背景に、ひっそりと浮かぶＩＳＳの全長は、フットボール・フィールドと同じほども大きい。ドッキングしたプログレス無人貨物輸送船から推進ガスの柱が噴出しているのは、巨大な構造物を地球から遠ざかる方向へ加速させるためだろう。

「ええ、見えるわ」とヴェーダラは答えた。「なんとか間にあったようね」

〈ワイルドファイア・マークⅣ〉実験棟モジュールの底部は大きく裂けていた。その裂け目の中にリボンが消えているところを見ると、リボンの接続先はあの中にあるのだろう。真空中特有の、陰影がきわだつ光のもとで、同モジュールの外殻の一部は濡れ濡れとつややかな暗紫色に変容していた。その暗紫色のものは、うねりながら、じわじわと這い進んでいる——まるで皮膚の下を抉《えぐ》りながら進む寄生虫のように。

「やはり、新たな進化を起こしているわ。そして、広がりつつある」

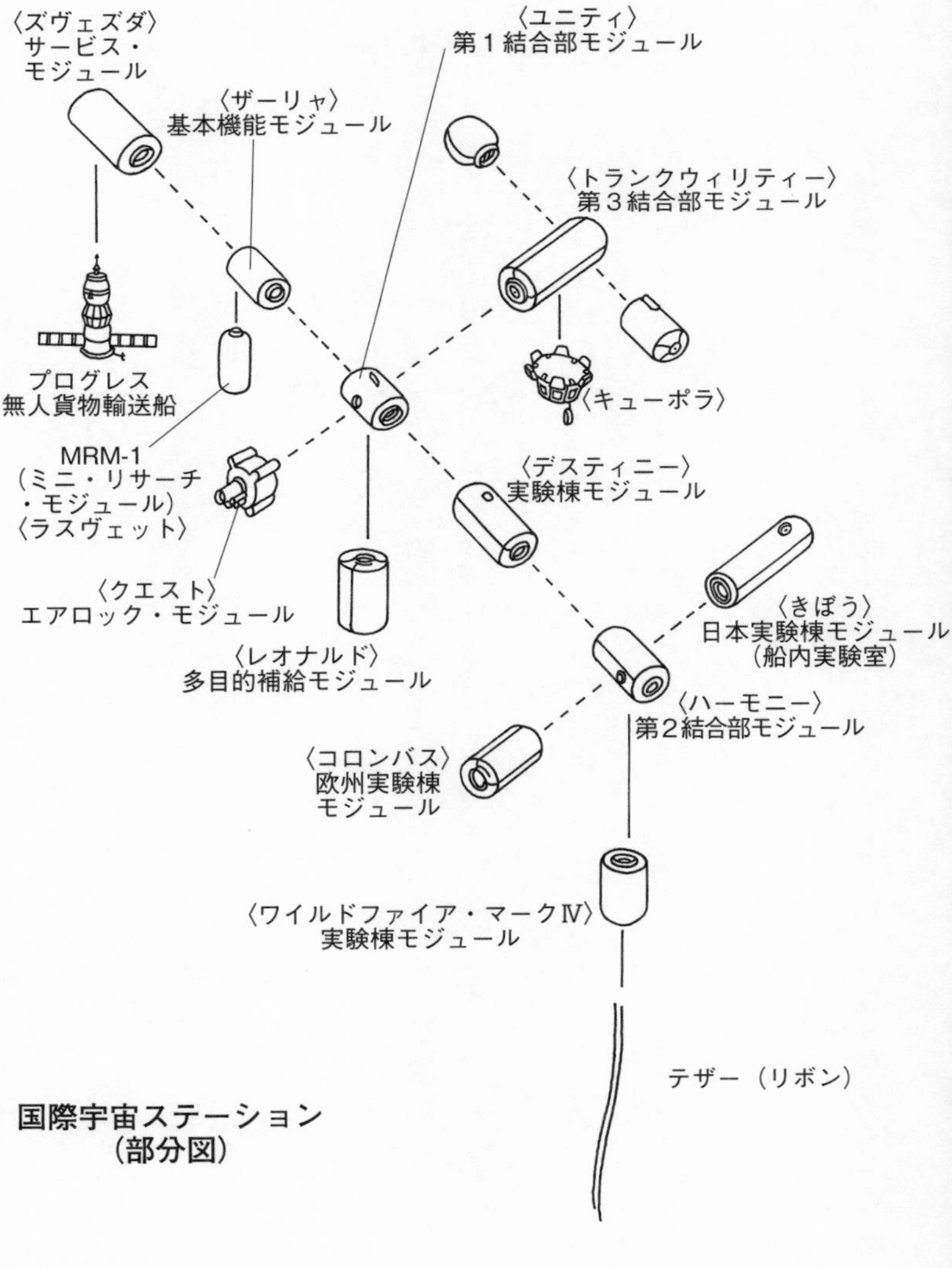
〈ズヴェズダ〉
サービス・
モジュール
〈ザーリャ〉
基本機能モジュール
〈ユニティ〉
第1結合部モジュール
〈トランクウィリティー〉
第3結合部モジュール
プログレス
無人貨物輸送船
〈キューポラ〉
MRM-1
（ミニ・リサーチ
・モジュール）
〈ラスヴェット〉
〈デスティニー〉
実験棟モジュール
〈クエスト〉
エアロック・モジュール
〈きぼう〉
日本実験棟モジュール
（船内実験室）
〈レオナルド〉
多目的補給モジュール
〈ハーモニー〉
第2結合部モジュール
〈コロンバス〉
欧州実験棟
モジュール
〈ワイルドファイア・マークⅣ〉
実験棟モジュール
テザー（リボン）

国際宇宙ステーション
（部分図）

42　ISSの中へ

昇降機《クライマー》がテザーの上端に到着したのは、17：02：42協定世界時《UTC》のことである。減速をつづけてきたプラットフォームは、上に広がる国際宇宙ステーション《ISS》のすぐ下で静かに停止した。

ストーンとヴェーダラはしばし、クライマーのせまい外縁にすわっていた。モーターがもたらす絶えざる振動が収まり、プラットフォームが静止すると、脚がじーんと痺れているのが感じられた。ややあって、ふたりは与圧服を着たまま、ぎごちなく動きだした。まず〝シートベルト〟にしていたNASA承認の保持索《テザー》フックを床格子からはずす。圧倒的な静寂の中で、自分たちの息づかいが耳に大きく聞こえていた。

何時間も〝座席〟に固定され、すわりどおしだったふたりは、立ちあがりかけてぎょっとした。からだがふわりと浮きあがったからである。旅の途中で、ふたりはほぼ無重量になっていたのだ。落下への恐怖は、上昇をはじめて最初の何分間かは大きかったが、いまでは地球もはるか遠く、間近から見た水晶占いの玉サイズになっているため、下に落ちるという感覚はなくなっている。

かわりにいだいたのは、このまま無限の夜の彼方へただよいつづけるのではないか、という恐怖だった。

「中に入る方法を見つけないと」ヴェーダラが無線を通じていった。「空気もヒーターの熱も、いつまでも持つわけじゃないから」

ストーンはブーツの裏をプラットフォームの床格子に軽く当ててみて、自分たちが完全なる無重量でないことに気がついた。ＩＳＳはなおも上昇をつづけており、かすかな加速がかかっているため、擬似重力が発生しているのだ。したがって、プラットフォームから落ちればたいへんなことになる。すこし足をすべらせただけで、無限の闇に落下し、どこにもたどりつけず、空気がつきてゆっくりと死ぬはめになるだろう。

ストーンの見ている前で、ヴェーダラがすぐ上にあるモジュールの外殻を調べはじめた。バイザー周辺の外部ＬＥＤライトが放つ光が、その顔を周囲からぼうっと照らしている。彼女の目は、真上にある〈ワイルドファイア・マークⅣ〉実験棟モジュールの成れの果てを見つめていた。

「ロボット宇宙飛行士《ロボノート》が見当たらない」

裂け目から中を覗きこみ、ストーンはいった。

「〈ワイルドファイア〉モジュールは完全に侵蝕されているわ」無線から、ヴェーダラの声がいった。「どうやら、全体をすっかり呑みこんでしまったみたいね。このモジュールからは中に入れない」

「じゃあ、どこから入る？」

「まだなんとも。ただ、あそこを見て——入り方を知っている人間がいるようよ」

ヴェーダラは手を伸ばし、グローブをはめた手でストーンの胸を軽くつついた。わけがわからず、ストーンはその手を見おろした。まばゆいグリーンの光点がグローブの表面に躍っている。レーザー光線だ。

三〇メートル離れたところで、小さな舷窓から覗くジン・ハマナカの顔がかろうじて見えた。あれはミニ《M》・リサーチ《R》・モジュール《M》・1——略称MRM‐1こと、〈ラスヴェット〉だ。ロシアの〈ザーリャ〉基本機能モジュールに付属しており、その下にはソユーズ宇宙船がドッキングしている。こんな状況にもかかわらず、喜びと安堵とで、ハマナカは顔をほころばせていた。クライマーの状態を見て、到着したのがクラインの仲間ではないと察したのだろう。ハマナカはここで入念に狙いを定め、グリーンの光点を上に向けて、銀色に光る円筒に照射した。

〈クエスト〉エアロック・モジュールだ。

ISSのほぼ中央には、〈ユニティ〉第一結合部モジュールがある。〈クエスト〉が接続しているのは、ISSの進行方向に向かって〈ユニティ〉の右舷側だ。エアロックは太短い円筒形をした〈クエスト〉の地球側に面しており、ふたりの位置からななめ上にあった。船外活動《EVA》を行なうさい、アメリカ仕様の宇宙服を着た宇宙飛行士は、通常、あそこから出入りする。

「あれね」ヴェーダラがつぶやき、ハマナカに親指を立ててみせた。

「すぐあとにつづく」

さっそくプラットフォームを昇りはじめたヴェーダラの下から、ストーンがいった。ふたりはゆっくりと、手すりをしっかりつかみながら、クライマーの側面を昇っていった。リボン自体には触れないように気をつける。クライマーの上端にあがると、把持《はじ》ローラーのそばでいったん休憩した。ここから先は、侵蝕された〈ワイルドファイア〉モジュールにはばまれて、簡単には進めない。

だが、すこしジャンプすれば〈レオナルド〉モジュールにとどく。これは〈ユニティ〉の地球側接続口に対し、垂直に接続された多目的補給モジュールである。真上にある侵蝕の進んだ〈ワイルドファイア〉モジュールに触れず、ぶじＩＳＳ内へ入ろうと思えば、あそこまでジャンプするしかない。

「あわてずに」ストーンはヴェーダラに助言した。「ＩＳＳは加速している。ここで取りつきそこねたら、どこへともなくただよいつづけることになるぞ」

ヴェーダラはうなずいた。

「〈レオナルド〉に取りついたら、すぐに保持索《テザー》フックをつないで。これをロック・クライミングだと思うのよ。失敗したらおしまい」

ふたりとも、低重力下で活動した経験はない。それでも、やらざるをえなかった。さいわい、安全を第一に考慮するＮＡＳＡは、ステーション外殻のいたるところに手すりを取りつけていた。そして保持索《テザー》フックは、ルーティーンのＥＶＡ中、そうした手すりに簡単にひっかけられるように作られている。

「いくわよ」ヴェーダラがいって、両脚をたわめた。

クライマーの上端をぐっと踏みつけ、ジャンプする。むらなく黒い宇宙空間を、ヴェーダラはすべるように移動していった。だが、このままのコースでは、頭が〈ワイルドファイア〉モジュールの下面をかすめかねない。ヴェーダラはどうにか身をひねり、片腕をばたつかせた。危うく、侵蝕された外殻にグローブが触れるところだった。

「気をつけて！」ストーンはヘルメットの無線に叫んだ。

短い弧を描きながら、ヴェーダラが〈レオナルド〉モジュールに到達し、その銀色の外殻に正面からぶつかった。必死になって表面に手を這わせたが、つかむ場所が見つからず、のっぺりした金属の表面をゆっくりとずり落ちていく。やっとのことで手が外部アンテナ・アレイに引っかかり、落下がとまった。何度かきれぎれの息をしたあとで、ヴェーダラはクライマーをふりかえり、あとにつづくよう、ストーンに手招きをした。

「簡単だったわ」

腕が頭上の〈ワイルドファイア〉モジュールに触れないように気をつけつつ、ストーンはクライマー上端の縁に這い寄った。暗紫色を帯びた条状《すじ》のアンドロメダ材質は見ないように心がける。いまにも侵蝕体の一部がはじけ、降りかかってくるのではないかと、そんな不安にとらわれながら、戦々兢々《せんせんきょうきょう》としてジャンプした。

虚空を飛び越え、ぶじ目標にたどりついた。激突した先はヴェーダラのすぐ上だった。両手の指先で外殻にしがみつき、上に手を伸ばしてつかまれそうなものを探りあて、ぐっと握りしめる。それは白い外被におおわれたトラスにしっかり固定され、下側へと伸びだした、金色のＥＶＡ用取っ手だった。アルミニウム合金製の基礎構造はハイウェイと同じ設計思想で造られており、外殻にはその形状から〝犬用の骨《ドッグ・ボーン》〟と呼ばれる取っ手がたくさん取りつけられている。それにしっかりつかまって、ストーンとヴェーダラはひと呼吸入れた。

だが、長く休んでいるひまはなかった。

最初に〈カナダアーム2〉ロボット・アームの動きに気づいたのはヴェーダラである。なにか白いものが動くのをストーンの肩ごしにとらえたのだ。大木が倒れてくるように、アームはこちらにぐんぐん加速してくる。このアームは七つの関節を持ち、全体をまっすぐ伸ばせば全長十五メートルは下らない。ついさっきまでＩＳＳのトラス上でふたつに折りたたまれていたアームは、急な動きで音もなくこちらに向かってきた。警告しているひまはない。ヴェーダラはストーンの保持索《テザー》フックをつかみ、全力で下に引っぱった。つぎの瞬間、ロボット・アームの先端がそれまでストーンがつかまっていた取っ手に激突し、ＩＳＳ全体を震撼《しんかん》させた。ねじ曲がった取っ手をあとに残し、強力なアームがトラスに引きもどされていく。

「クラインね」ヴェーダラがいった。「クラインがあれを操作してるんだわ」

長大なアームがもういちど、ぎごちない動きで大きく振りかぶられた。その先端から、こまかい金属片と剝がれた塗装の薄片が散らばっていく。アームはおおむね基本構成のままだったが、先端に金属の円盤状のものが取りつけられていた。激突の衝撃による振動が収まったのち、アームはつぎに、ヴェーダラに矛先を向けた。

このまぎわ、ストーンは衝撃で弾き飛ばされ、宙に浮いていた。このままではＩＳＳから取り残されてしまう。

急いで両手を伸ばし、グローブをはめた指先で〈レオナルド〉モジュールの外壁にしがみついた。その拍子に、ストーンはヴェーダラがつかまっているアンテナ・アレイを踏み折ってしまった。ヴェーダラはとっさに、別の突起につかまったが、ストーンは弱いGに引かれ、ずるずるとモジュールの側面をずり落ちていった。残るアンテナの根元をあわててつかんだものの、その根元もぽっきりと折れた。もうだめか、と思った瞬間、滑落ががくんと止まった。一本の細い導線がモジュールと折れたアンテナをつなぎとめてくれたのだ。とはいえ、細い木の根一本で支えられているも同然なので、いつ切れるかわかったものではない。あえぎあえぎ、はるか下方で輝く小さな惑星の上にぶらさがったまま、ストーンはヴェーダラを見あげた。危険な状況に気づいたのはそのときだった。

「ニディ」かろうじて声を絞りだす。「よけろ!」

多関節のロボット・アームがヴェーダラに襲いかかった。ストーンはもう〝始末〟したので、こんどはヴェーダラを〈レオナルド〉から払い落とすつもりなのだろう。

ロボット・アームが激突する寸前、ヴェーダラは横へ身をかわした。

完全にはよけきれず、アームに胸部をかすめられ、ヴェーダラは弾き飛ばされそうになったが、肋骨に激痛をおぼえつつ、反射的にアームにしがみついた。アームがふたたび引きもどされ、その上にしがみついたヴェーダラは、〈レオナルド〉から引きはがされる形となった。

回転して飛び散る破片の雲ごしに、ストーンはなすすべもなく、そのようすを見まもっていた。

アームがあちこちへ動き、ヴェーダラをぼろ人形のように振りまわしだす。ストーンはその間《かん》、導線が切れないよう、すこしずつ、そうっと上に昇っていき、やっとのことで〈レオナルド〉の下端の手すりに指先をかけた。その手すりをぐいっとつかみ、からだを引きあげる。長大なアームにくらべれば、しがみついたヴェーダラのからだは小さい。そのヴェーダラを振り落とそうと、白色のアームが右に左に大きく振れている。そのたびに、ＩＳＳ全体が大きく揺れる。

「つかまってろ、ニディ。いま助けにいく」

どうにかモジュールの上端に這いあがったストーンは、アームの激突で窪みのできたトラスに手をかけ、動きをとめた。さて、ここからどうしたものか。ヘルメットのＬＥＤが放つ青と白の光で周囲の外殻を照らしてみたが、利用できそうなものはなにもない。ロボット工学者であるストーンは、ソフィー・クラインが高度に自動化の進んだＩＳＳを完全に掌握しているものと想定していた。ほぼすべてのサブシステムをコントロールできているはずだとも思っていた。

しかし、ロボット・アームについては予想の外《ほか》だった。というよりも、アームの存在など頭をよぎりさえしなかった。この巨大なアームは、何トンもある貨物船モジュールが到着するたびに、ドッキングを支援する目的で設計されたものである。クラインは当然、安全機構のモーター出力制限を取りはらっているだろう。いまはああして勢いよくぶんまわしているが、これほど巨大な機械は、通常、ゆっくりと動かすものだ。精妙な制御を必要とする機械だから、こちらとしては、状況を見きわめつつ——

待てよ？　ストーンは気がついた。ロボット・アームには触覚センサーがついていない！

したがって、この機械を遠隔操作するには視覚が頼りとなる。そのためにはカメラが必要だ。それなのに、ロボット・アームの傷だらけの全長には、本来あるはずのカメラがどこにも見当たらない。

「ジェイムズ！」ヴェーダラが叫んだ。悲痛な声だ。

見あげると、アームが彼女をぶんまわすのをやめて、暗紫色に侵された〈ワイルドファイア〉モジュールに向かおうとしていた。ヴェーダラを振り落とせないなら、〈ワイルドファイア〉にたたきつけ、モジュールの表面を条状《すじ》におおって脈動する侵蝕体に押しつけようという腹だ。

ストーンはすばやく周囲を見まわし、やっとのことで求めるものを見つけだした。

トラスにそって思いきりジャンプし、金色に光る四角い太陽電池パドルの一枚をめざして宙を飛ぶ。ごついグローブをはめた手でパドルをつかみ、ぶざまにしがみついた。柔軟な黒と金の材質が曲がり、へし折れ、黒いガラスの破片がスローモーションで飛び散っていく。そんな混乱にかまわず、ストーンは必死につかまりつづけた。

ようやく運動量が吸収されると、ストーンはパドルの根元に移動した。トラスの側面には大型の自在指向《パン・チルト》カメラが設置されている。その黒い目に自分の姿が映りこむまで近づいた。

トラスの下側では、ヴェーダラが必死になってアームから離れようとしているが、アームが虚空を動きつづけているため、離れるに離れられない。へたに離れれば自由落下に陥り、遠からず空気がなくなって死ぬ。といって、このままでは微粒子に押しつけられて〝食われて〟しまう。

ストーンは全身を投げだすようにしてカメラに飛びかかり、ぐっとヘッドをつかむと、渾身の力をこめてトラスからもぎとった。

のちに回収された記録映像によれば、クラインが最後にこのカメラを通して見たものは、ストーンの鏡面仕上げのバイザーだった。以降、映像はふっつりと途切れる。ストーンがカメラをトラスの側面にたたきつけ、壊してしまったからだ。

見まわしたところ、ほかにカメラらしきものはない。下方でロボット・アームの動きが鈍った。しがみついたままのヴェーダラを乗せて、とまどっているようにも見える。

「クラインの目はつぶしたと思う」ストーンは無線でいった。「つぎは離れる番だ」

「了解」

ヴェーダラの小柄なからだがロボット・アームを離れ、シルエットとなって青い地球の手前をよぎった。ゆっくりと回転しながら虚空を飛ぶそのさまを、ストーンは固唾《かたず》を呑んで見まもった。ヴェーダラがアームを蹴る角度は完璧だった。ゆっくりと、ゆるやかな軌道を描いて、ヴェーダラは黒い円筒形の構造物へ向かっていく。あの構造物はプログレス無人貨物輸送船だ。細い円筒形をしたロシアの輸送船は、二枚の太陽電池パネルをトンボの羽根のように左右に広げ、ISS後部の〈ズヴェズダ〉モジュール下面に接続されており、そのエンジンは間欠的に推進ガスを噴射して、ISSを上方へ押しあげている。

プログレス輸送船に接触するとともに、ヴェーダラはすかさず、艶消し黒の外被でおおわれた突起に指をかけた。視界を奪われたクラインはやみくもにアームを突き動かした。その結果、アームの先端は音もなく〈ワイルドファイア〉モジュールに突っこみ、侵蝕された表面にめりこんだ。その衝撃がＩＳＳ全体に走りぬけ、ヴェーダラは悲鳴をあげて太陽電池パネルにしがみついた。片腕をパネルにひっかけてからだを支えてはいるが、脚は船尾噴射口のすぐそばにぶらさがった格好になっている。さいわい、いまは加速の合間のようで、噴射が行なわれていない。だが、急いで脚を噴射口付近から離したとたん、推進モジュールからふたたび推進ガスがほとばしった。「昇れ、ニディ。エアロックで合流しよう」ストーンはヴェーダラを励ました。「だいじょうぶ、きみならやれる」

ヴェーダラは上に手を伸ばし、プログレスの別の突起に指をかけ、全身をぐいと引きあげた。低重力のおかげで、体重を支えるのは造作もない。ゆっくりと、用心深く動いて、とうとうプログレスの上部まで昇りつめた。

ロボット・アームは怒ったようすで、荒々しく前後左右を薙《な》いでいる。クラインはまぐれあたりを狙っているらしい。

この場合、体格が小柄なことが有利に働いた。ヴェーダラはなるべくからだを平たくし、外殻から突出させないようにして〈ズヴェズダ〉モジュールの上に這い登ると、ＩＳＳの中央にある〈ユニティ〉モジュールをめざして進んだ。いまはＩＳＳの上面側にいるので、下面側でやみくもに暴れるアームにぶつかられる恐れはない。

ストーンはすでに〈クエスト〉モジュールのエアロックで待機していた。そして、ヴェーダラがモジュールを這い降り、下面のエアロックにたどりつくと同時に、グローブをはめた手を伸ばし、彼女をぐいと下に引きよせた。たがいのバイザーが触れ合い、相手の顔がはっきりと見えた。

ふたりとも疲弊しており、息が荒い。過度の運動で頬が紅潮していた。

「よくがんばったな、ヴェーダラ博士」ストーンはいった。

「どういたしまして、ストーン博士」ヴェーダラが答えた。「恥ずかしながら、まだスタート地点に立ってさえいないけれどね」

ここでヴェーダラは、エアロックの外扉《がいひ》に向きなおり、コントロール装置を調べてから、エアロック内の減圧ポンプを始動させた。その間《かん》にストーンは、新たな危機が迫ってきてはいないかと、周囲に目を配りつづけた。クラインが手ごわく、頭がまわることを、身をもって思い知ったからだ。ふたりは協力してことにあたり、とうとうエアロックの外扉を内側に押しあけ、せまいエアロック内部をあらわにすることに成功した。

エアロックの内部はがらんどうだった。興奮のあまり、ふたりとも見落としてしまったが……通常ならば、ここにはふだん必要のないさまざまな用具が仮置きされている。なのに、いまはそれがひとつもない。ということは……。この点を見落としさえしなければ、ふたりは気がついただろう。だれかが――それも、ごく最近――ここを通ったことに。

43 ストーンの仮説

装備エアロックの外扉を閉じ、与圧をすませてから、ふたりの科学者は内扉を手前に引きあけ、〈ユニティ〉第一結合部モジュールに足を踏みいれた。〈ユニティ〉はアメリカのモジュールで、中央玄関のような役割をはたすところだ。オープンスペース内は薄暗く、ぼうっとけぶっており、いくつかの非常灯が音もなくまたたいていた。

クラインに占拠されたことによって、ＩＳＳ内部は大幅に簡素化されたらしい。〈ユニティ〉後部側のハッチはロシア側のモジュールに通じている。最初が〈ザーリャ〉、そのつぎが〈ズヴェズダ〉の順番だ。しかし、ロシア側へ通じるハッチは封じられていた。通常のロックだけではなく、金属の棒までもが熔接されていたのだ。うっすらとただよう煙をすかして、ハッチの金属表面が傷だらけになり、プラスティックが融けているのが見えた。デッキ側、つまり足もと側には、〈レオナルド〉モジュールに通じるハッチがある。こちらもしっかり閉まっていたが、損傷はしていない。

「火災があったのかな」ストーンがいった。

「消しとめられたようね」ヴェーダラは答えた。「でなければ、内装がすっかり焼失しているだろうから」

ヘルメットのライトで薄闇を切り裂きながら、ふたりは宙をただよい、〈ユニティ〉の中央へ向かっていった。ＩＳＳは断続的に加速しており、いまは推力がかかっていないため、無重量状態になっている。エアロックを出てすぐ向かいには左舷側のハッチがあった。その先にあるのは〈トランクウィリティー〉第三結合部モジュールだ。内部を覗いてみたが、だれもおらず、その下面側に結合された〈キューポラ〉の窓はすべてシャッターが閉じられていた。〈ユニティ〉で残るハッチはあとひとつだけ――ステーションの前部側に通じるハッチだけだ。この向こうには、アメリカの〈デスティニー〉実験棟モジュールをはじめ、いくつかのモジュールがつづく。

ストーンは自分のヘルメットをつつき、

「宇宙服は着たままでいよう」とヴェーダラにいった。「安全のためだ」

ヴェーダラはうなずき、ハッチの上に突きでた青い手すりをつかんだ。しばし、そのままの姿勢で宙に浮かぶ。それから、ハッチをあけた。

〈デスティニー〉モジュールは、もっぱらアメリカとカナダの宇宙飛行士が実験を行なうところで、本来は何十という目的の知れない実験機器がぎっしり詰めこまれているはずだった。だが、いまはその一部が荒らされて、多数の破片が闇の中を不気味にただよっていた。暗黒の空間内を、ふたりは用心深く、ゆっくりと進んでいった。じきに、ひとつ向こうにつながる〈ハーモニー〉

第二結合部モジュールとの連絡口にたどりついた。内部に入ってみたが、なにもない。隣接する日本の〈きぼう〉実験棟モジュールにも、ヨーロッパの〈コロンバス〉実験棟モジュールにもだ。コンピュータも無線システムも、いっさい機能してはいない。

ふたりは無言のまま〈ユニティ〉に引き返してきて、顔を見交わした。クラインがいるとすれば、あとはもう、足の下——〈レオナルド〉モジュールの内部しかない。〈ワイルドファイア・マークⅣ〉実験棟モジュールは、〈ハーモニー〉モジュールの下面側に垂直に接続されている。〈ハーモニー〉から見て後方、〈デスティニー〉をはさんでとなりにあるのがこの〈ユニティ〉で、〈レオナルド〉はその下側に、これもやはり垂直に接続されていた。つまり、〈ワイルドファイア〉と〈レオナルド〉とは平行の位置関係にあり、距離も近い。じっさい、ふたりとも、外から〈レオナルド〉を見たさい、あそこが侵蝕される危険性はかなり高いと危惧したものだった。

だが、クラインがその事実を認識しているかどうかは、定かではない。

ストーンとヴェーダラは、下へ——〈レオナルド〉へとつながる丸いハッチの上に浮かんだ。ハッチの覗き窓にはめられた濃い色ガラスごしに中を覗く。ようすがよくわからない。

ともあれ、いよいよソフィー・クラインと対面するときがきた。

胸にセットされたディスプレイとコントロール装置を使って、ヴェーダラとストーンはそれぞれの無線を切り替え、局所的周波数からステーション内周波数にセットした。しばらく耳をすましてみたが、なにも聞こえない。

「クライン博士?」ヴェーダラが呼びかけた。「そこにいるの?」

ストーンはハッチのすぐ外に、魚眼レンズのカメラが設置されていることに気がついた。その意味を考えながら、じっと凝視する。ややあって、ヴェーダラにうなずきかけ、ロックの解除機構を作動させた。ハッチは簡単に開くはずだ。モジュールの内側には施錠機構がないから、内側からはロックできない。どうしてもロックしたければ、ハッチを壊してあかなくするしかないが、そうなると二度と外へ出られなくなってしまう。

ハッチを開くべく、デッドボルトをはずすレバーに両手をかけた。そのとたん、強烈なノイズがヘルメット内のスピーカーから響いた。動きをとめ、ヴェーダラを見やる。

その表情からすると、やはりこの音が聞こえているようだ。

「クライン博士?」ヴェーダラが無線で話しかけた。「聞こえてる?　こちらニディ・ヴェーダラ——ワイルドファイア・フィールド・チームのリーダー、あなたの直属の上司よ。命令します。こんなことはもうやめなさい」

ストーンのヘルメットのスピーカーから、笑い声のさざ波が聞こえてきた。

その音の背景に、なにかがこすれるような、異様な音が聞こえた。この音が連想させるのは、砂漠の砂が風にあおられ、無限に連なる砂丘を移動するさいの、さらさらという不気味な音だ。ぞっとして、身ぶるいが起きた。

そのとき、声がしゃべりだした。微妙に滑舌のよくないこの声は、ソフィー・クライン博士のものにまちがいない。ヘルメットのスピーカーごしに聞くその声は、不思議に親近感をいだかせた。

「ヴェーダラ博士。ストーン博士」クラインはいった。「おめでとう。あなたがたはついさっき、歴史を作ったのよ。宇宙エレベーターに乗った最初の人間としてね。こういう形で宇宙へあがってくるであろうおおぜいの、最初の人間があなたがたふたり」

「もうたくさんだわ、ソフィー。いいかげん、終わりにできないの？　それとも、連鎖反応がはじまってしまって、もうあなたの手には負えなくなっているの？」

「その〝できる〟というのは、〝終わりにすることが可能かどうか〟ではなくて、〝終わりにする気があるのかどうか〟をきいているのね？　答えはノーよ」

「クライン博士」こんどはストーンがいった。「アンドロメダ因子に関するきみの理論は理解している。きみは非常に頭がいい。しかし、決定的にあやまっている」

　しばらくのあいだ、反応がなかった。

「ひとつ、おもしろいお話をしてあげましょうか、ジェミー」ややあって、クラインはいった。「むかしむかし、あるところに、ピードモントという町がありました。そこは小さな町で、住んでいるのは気のいい人たちばかり、みんながおたがいを気づかって暮らしていました。すてきな家庭も築いていました。ところが、ある日のこと、星の世界からあるものが落ちてきたのです。すると、その日のうちに、ピードモントの町の気のいい人たちは、血管の中で血が凝固して、みんな死んでしまいました。なかには、みずから命を絶った人もいました。相手を苦しみから救うために、あえて命を奪った人もいました。入水《じゅすい》した人もいれば、銃で自分を撃った人も、手首を切った人もいました。あなたは知っていたかしら、ジェミー、この気の毒な人々の中には、自分の赤ん坊をベビーベッドの中で死なせてしまった人たちもいたことを？」

　ストーンはバイザーの下で蒼白になり、食いいるようにハッチを見つめた。強く歯を嚙みしめているため、あごの筋肉が引きつっている。

「ジェミーと呼ばれるのは、子供のころ以来、はじめてだ」

「あなたのことはしっかり調べたのよ」とクラインはいった。「だから、知っているの。それに……地球に落ちてきたそのあるものが、高度に洗練された道具であり、さまざまな形態に進化するよう設計されたものであることもね。一連の進化の目的は、たったひとつ。あちこちの惑星に生物を見つけだして、その生物を惑星の地表に、永遠に閉じこめておくことよ。アンドロメダ因子は何十億年ものあいだ、地球の大気上層にただよっていたわ。あの微粒子はこの太陽系のいたるところに見つかっているの。そして、生物が発達するのを待っていた。人類によって地表に持ちこまれたとき、アンドロメダ因子がまず行なったことは、接触するあらゆる生物を殺すこと。そして、犠牲になった人々の血に触れることで、アンドロメダ因子は進化した。あれはすでに、地球にわたしたちという生物がいることを知っている。だから惑星上に封じこめようとしたのよ。けれど、あれから五十年を経て、ようやく異種知性の道具を意のままに操るすべを解析した人間が現われたわ。つまり、わたしがね」

　ある理由から、ストーンの目には涙があふれていた。だが、激情を必死にこらえ、かろうじて冷静さを取りもどし、そこから先は口早に、ひとつの目的を持って話した。

「ソフィー。きみも思うところはあるだろう。しかし、きみはまちがっている。アンドロメダのプラスティックを食う変異体は、われわれを惑星に閉じこめておくための障壁じゃない。あれは知性のテストなんだ。アンドロメダ因子の最終目標は、たんに生物を発見することだけじゃない。知性を持った生物を発見することにある。きみはあの因子を逆行解析《リバース・エンジニアリング》できたつもりでいた。しかし、きみはたんに、試験を受けたにすぎない。試験には通った。ゆえに、きみは別の事態を引き起こしてしまった……すなわち、新たなる進化をだ」

すすり泣きのような音がスピーカーから聞こえてきたが、それはすぐに断ち切られた。

ストーンはつづけた。

「そう考えるようになったのは、ヴェーダラの反応抑制剤がきっかけだった。アンドロメダ因子はたがいを無視する。なぜなら、各変異体はいずこかへ通じる道に点々と連なる、ただの踏み石でしかないからだ。なぜアンドロメダが知性生物を探しているのかはわからない。アンドロメダがいま、なにになろうとしているのかもわからない。しかし、いまこの連鎖反応を断ち切らないかぎり、われわれはいやでもその答えを知ることになる」

ストーンはいったんことばを切り、最後の懇願を口にした。

「きみは知っているはずだ……アンドロメダがぼくをそうとうに傷つけてきたことを。きみはきみで、憤る気持ちも理解できる。だからアンドロメダを許す必要はない。しかし、ここは客観的に見なくてはならない。力を貸してくれ、ソフィー。起こってしまった進化を止めることはできない。しかし、こんどの変異体を隔離することはできる」

スピーカーからはなんの応答もなく、三十秒ほどのあいだ、ヒスノイズだけが聞こえていた。

クラインの名誉のためにいえば、彼女は真剣にストーンのことばを吟味していたようだ。長い沈黙のあと、ランダムノイズの海の中から、クラインのおだやかな声がいった。

「これが最後の警告よ。そのハッチをあけてはだめ。あなたがたにとって、とても危険な事態になるわ。このステーションにいるほかの宇宙飛行士たちにとってもね」

ストーンは敗北感にまみれ、うなだれた。それから、ヴェーダラに向きなおり、うなずいた。ヴェーダラは口を引き結び、予定どおりにミッションを遂行する覚悟を固めた。

「クライン博士。わたしにはもう、これ以上あなたの判断を信用できない」無線を通じて、ヴェーダラはいった。「逮捕されることを覚悟してちょうだい。これからそこに入ります」

44 対面

ストーンはデッドボルトをはずすレバーをまわし、ぐいとハッチを引っぱって、細く隙間をあけた。ついで、床についた足を踏んばり、ハッチを大きく引きあけ、通り道を作った。たちまち、いくすじもの塵煙《じんえん》の触手がうねりながら、ハッチの下の暗闇から外にあふれてきた。

ごつい宇宙服に身を包んだまま、ストーンとヴェーダラは順次、短い円筒形の通路にからだを押しこんだ。外部LEDが放つビームは幅が細く、ごくせまい範囲しか照らしてくれない。短い通路の先にはモジュール本体がある。ふたりは本体に入る前に停止し、内部を覗きこんだ。

円筒形の〈レオナルド〉は締めて三十一立方メートルの内容積を持つ。同モジュールをここに運んできたスペースシャトル〈ディスカバリー〉のペイロードにぴったりの外殻を作るとなると、自動的にこの大きさに決まってしまうのだ。ふだんならば、ここの四囲にはEXPRESS実験ラックがずらりとならび、切りたった壁を形成しているようすがはっきりと見えただろう。四方のラックは、いずれも背面が丸みを帯びて、モジュールの湾曲した内壁にぴったり収まる構造だ。

淡い白のラックは大半が硬い金属だが、ところどころ白い梱包材の名残《なごり》が残り、いたるところに青い手すりが見えたはずである。もともと、窓はない。そして、円筒の底部には――ふたりから見て真下の壁には――コンピュータ・モニターが発光しているはずだった。

かつては実用性第一の、あまり面白みのないストレージ・モジュールであったここは、のちに用途が変更になり、クラインの遠隔操作ステーションとして使われるようになっている。

しかし、きょうのここは、ひどく異様な状態へと変容していた。内部空間は不吉に渦巻く薄い塵煙の膜でおおわれており、実験ラックの表面はすべて黒い微粉で汚れていたのだ。

モニターがあるはずの底部の壁は、ほかの部分より色が濃い。まるで暗いスミレ色のガラスでできているかのようだ。〈ワイルドファイア・マークⅣ〉実験棟モジュールを蝕《むしば》んでいた侵蝕は、すでに真空をはさんで間近にあるこの〈レオナルド〉にも飛び火していたのである。モジュールの外殻から内部に浸透したのだろう、もはや実験ラックまでもが冒されていた。

さいわい、侵蝕はモジュール最下部に端を発している。上部ハッチはもとより、ISSのほかの部分にもおよんでいない――いまはまだ。

しかし、ソフィー・クラインはどこにいる?

ストーンがそう思ったとき、だれかに二の腕をつかまれた。そばにいるヴェーダラが、宇宙服のハードシェルの腕をつかんでいたのだ。その顔には純然たる恐怖の表情が浮かんでいた。ストーンはヴェーダラの視線を目で追った。そこに――世界の終わりの姿があった。

「ソフィー……」思わず、つぶやきが洩れた。「なんてことだ……」

モジュールの最下部に横たわっていたのは、ソフィー・クラインのように見えるものだった。それはあおむけに横たわっていた。マイクのついたヘッドセットをかぶり、目を閉じ、ブロンドの髪を後光のように床に広げていて、両腕は十字架で磔刑《たっけい》に処せられたかのように、左右に大きく広げた状態だ。両脚は見えない。脚だけが消化されたかのように消滅し、侵蝕された金属の、うごめくひだの中に消えている。

それはぴくりとも動いていない。

ストーンは侵蝕された肢体を凝視した。腕は硬直して、まったく動かせないように見える。

「ストーン博士、よく聞いて」ヴェーダラがいった。その声はかすれていた。かろうじてパニックを抑えているのだろう。「クライン博士は進化したアンドロメダ因子に侵蝕されているわ。ただちに医療処置を施さないといけない。そのためには、あなたの助けが必要なの」

とっさにストーンが反応できずにいるのを見て、ヴェーダラはストーンの両肩をつかみ、乱暴に自分のほうへ引きよせた。ヘルメットのバイザー同士を触れあわせ、目を覗きこみ、アイコンタクトしてくりかえす。

「ストーン博士、あなたの助けが必要なの。いますぐに」

「あ、ああ」虚脱状態から覚めて、ストーンは答えた。「もちろんだ。しかし、われわれになにができる？」

ヴェーダラは下に向きなおり、クラインの肢体をじっと見つめ、現実的な対処法を考えた。

「わたしたちにできるのは、両脚を切断することだけ。侵蝕の始まったここから連れだせれば、話を聞きだす時間が稼げるかもしれないわ」

そのとき——突如として、クラインがかっと目を開いた。

警告の叫びをあげそうになるのを、ストーンは懸命にこらえた。どういうわけか、クラインはこちらにほほえみかけている。頰は黒い微粉で汚れ、そうとう苦しいはずなのに、マリンブルーの目は澄んでいて油断なく、鋭い。

「とても現実的な考えかたね」とクラインはいった。「でも、むだよ。あなたがたに打ち明けることなど、なにもないわ」

「ソフィー」ストーンはいった。「きみは死にかけてるんだぞ」

ただよう塵煙の中で、クラインの頰に涙が光っているのが見えた。黒い煤のようなものの小片が、唇と舌にもぽつぽつと現われはじめている。

「人はね、いつかは死ぬのよ、ジェミー。ほかよりも早く死ぬ者がいるというだけ」

「きみが引き金を引いたことがなんであれ、それはすでに対象範囲を広げている。もはや止めようがない。進化したアンドロメダ因子がリボンを這い降りて地表に到達すれば、すべての人間が死ぬ。あらゆるものが滅んでしまう」

クラインは食いいるようにストーンを見つめた。

「そうなるかもしれないし、ならないかもしれない。わたしたちはおたがいに、死というものを知っている。そうでしょう、ジェミー？　あなたとわたしは、この状況の真実を知っている。その真実とは、それだけの危険を冒してもなお、人類を星々へ送りだす価値があるということよ」

「ソフィー、たのむ」

「束縛を解かれるのは、このわたしひとりだけじゃないわ」ソフィーの顔は興奮で紅潮していた。「わたしたちみんなが、種全体として束縛を解かれるの」

ここにおいて、ストーンは完全に理解した。クラインを助けるのは、もはや決定的に手遅れだ。そもそも、いままでにも助けられる見こみなどなかったのだろう。クラインは全人生をかけて、この道のために、この最後の瞬間のために、全力でひた走ってきたのだから。

「これはね」とクラインはつづけた。「これは――」

そこでうっと顔をしかめ、横を向いた。アンドロメダの濡れ濡れとした触手が、床に張りつけられたクラインのからだから周囲に向かい、放射状に広がりつつある――モジュールの〝皮下〟を通る血管のように。クラインは必死にことばを絞りだした。

「――これは、自分のものなのに、自分のものとはいいきれない肉体に対する、最後の勝利よ。この肉体は、わたしに協調してくれようとしたことがなかった。むしろつねに、わたしの意志に背いてばかりいた。けれど、いまはもう、わたしが創りだしたものの一部になろうとしている。このわたしが創りだしたものの一部にね」

ソフィーはわなわなと震えていた。声もきれぎれになっている。

「わたしはなにもかも失くすリスクを冒して――持てるすべてを投じて――人類という種の前に立ちはだかる障壁を打ち壊そうとしてきたわ。いまだかつて、意のままにならない肉体に屈したことはない。それはあなたがたに対しても同じこと」

片手で壁面の手すりにしっかりとつかまったまま、ヴェーダラは冷静でゆるぎない声で、静かに問いかけた。

「これが最後よ。侵蝕を止められるの、どうなの」

クラインがまばたきをした。微小重力環境の中で、あふれた涙が宙にただよい、小さくて繊細な惑星となって薄闇に消えていった。クラインはグローブをはめた手を顔に持っていくと、ヘッドマウント・ディスプレイを目の上にかぶせた。

バイザーに覆い隠されるまぎわ、その目がぐるっと白目を剝くのが見えた。唇と指先が痙攣しだしている。

「気を失ったわ」ヴェーダラがストーンに顔を向けた。「もっと情報が必要よ。なんとかして目覚めさせないと」

「いいや」ストーンは答え、片手をヴェーダラの肩にかけた。「いいや。そうは思わない」

ストーンはモジュールの壁に目を走らせた。まだ上部までは危険がおよんでいない。それでも、ここにいないほうがいいのはたしかだ。ヴェーダラの手をとって上へ引っぱり、〈ユニティ〉にもどろうとしだした。通路を通ってハッチをくぐりぬけ、上に出なくては。だが、ヴェーダラはわけがわからないようすで、まだ〈レオナルド〉を脱しないうちにストーンの手をふりほどいた。

「クラインはいまにも死ぬかもしれないのよ。見て、神経インプラントの状態表示ランプを。あんなにひどくまたたいて――」

「なにかがおかしい」周囲を見まわしながら、ストーンはいった。「それより、早く――」

だしぬけに、銃声のような轟音が響きわたり、ストーンの頭のすぐ横にある実験ラックがひしゃげた。ぼろぼろになった金属のこぶしがたたきつけられたのだ。衝撃でいくつもの計器類がつぶれ、粉々に砕けた安全ガラスがモジュール内に飛散した。ストーンは反射的に壁を押しやり、急いでモジュールの反対側へ空中移動すると、襲撃してきた何者かに向きなおった。

Ｒ３Ａ４だった。ロボット宇宙飛行士《ロボノート》のつややかな顔がこちらを見つめている。

クラインがロボットを遠隔操作し、〈ユニティ〉を経由して、捕食動物のようにひそやかにハッチから中へ忍びこませたのだ。ロボットはずっと、ＩＳＳのどこかに隠れていたにちがいない。ストーンの見ている前で、ロボノートは華麗にジャンプして、昆虫のそれのような多関節の脚をたわめては伸ばしながら、足先で青い手すりをつぎつぎにつかみ、壁から壁へ移動していた。人間の宇宙飛行士《アストロノート》とちがって、ロボノートは微小重力での運動に最適化されている。Ｇがかかっていないこの環境は、完全にホームグラウンドだ。

Ｒ３Ａ４は無言で動き、いっさいのためらいを見せない。

「ストーン！」ヴェーダラが叫んだ。

バランスを崩して宙に浮かぶストーンに向かって、ロボットがまっしぐらに飛んできた。破損した片手に金属片やガラス片をまといつかせ、健在なほうの手はまっすぐに指を伸ばしている。このロボットの指の一本一本が曲げる力は二十キロ——指全部を使っての握力は百キロに達する。これは一般的な成人男性の倍に相当し、人間の骨くらい簡単に握りつぶしてしまえる力だ。

微小重力の中、ストーンは両腕をばたつかせて身をひねり、かろうじて攻撃をかわした。

つぎの瞬間、ロボットが健在なほうの手でストーンのブーツをつかみ、かかとを強烈に締めつけてきた。ストーンは激痛に悲鳴をあげ、思いきり足を振り、どうにかロボットの手を振り払った。もうすこしでブーツごとかかとを握りつぶされるところだった。つかまれなかったほうのブーツはとくにダメージを受けていない。そのブーツを履いた足を軸足にして、反対側の壁に勢いよく〝着地〟した。〈レオナルド〉の底部では、モジュールの内壁が暗紫色のひだにおおわれ、どくん、どくんと脈動しだしている。侵蝕が広がっているのだ。上を見れば、くすんだ赤の非常灯を背景に、ロボットの顔がシルエットとなって浮かびあがっていた。もはや〝詰み〟の状態だ。

そのとき、ヴェーダラが背後からロボノートをつかんだ。

R3A4はおおむね人間のフォーム・ファクターに準じているが、その重心は著しく異なる。光学系は比較的軽い頭に、演算装置は腹部に、何本もの重いバッテリーはスリムなバックパックに収容されており、軀体全体に重量が均等に分散するよう造られているため、さほど重そうには見えない。だが、じっさいには百五十キロの重量を持つ。

背後からロボットの両肩をつかんで動かそうとしたヴェーダラは、予想外の慣性質量に虚をつかれた。R3A4は重い荷を効率よく運搬するよう設計されているうえ、遠隔操作しているのは練達の操作者だ。すばやくふりむきざま、ヴェーダラをモジュールの上まで軽々と弾き飛ばした。〈ユニティ〉に通じる通路の金属の角にヘルメットが激突して、ヴェーダラはぐったりと動かなくなり、その場にただよった。

クモを思わせる異様に敏捷な動きで、R3A4がカサカサと壁面を這い登り、ヴェーダラのもとへ向かいだす。ここでストーンは気がついた。このロボットは自律型ではない。操作者によって動かされている。クラインはいまも〈レオナルド〉の底に横たわり、なかばモジュールに埋もれたままだが、その指先はまだ遠隔操作グローブの中で小さく動きつづけているにちがいない。

ストーンは壁を蹴り、上にただようヴェーダラのもとへジャンプした。宙を飛びながら、なにか武器になるものはないかと、塵煙ただよう〈レオナルド〉の内部を見まわす。

長い金属の円筒に目がとまった。基部が明るいオレンジ色の被覆でくるまれている。消火器だ。ストーンは両手でそれをつかんでもぎとると、片足を壁について向きを変え、ヴェーダラに襲いかかる寸前のロボノートに飛びかかり、側頭部に思いきりたたきつけた。

それなりの手ごたえがあった。

だが、ロボノートは平然としていた。殴られるままになったのは、そもそも打撃をよける必要がないからだ。ロボノートは強靭な炭素繊維、ステンレス鋼、アルミニウム合金等でできている。衝撃は首の支柱構造に若干の損傷をもたらし、以後は首をかしげたままの状態になりはしたが、それは深刻なダメージではない。

ロボットはくるりとストーンに向きなおった。

ソフィー・クラインは、カメラからの映像がぶれたことと、首の角度が曲がったままになったことから、ロボットへの攻撃を察したのだろう、ただちにＲ３Ａ４を操作し、ストーンの手から消火器を奪わせた。ストーンはいったんうしろむきに宙を飛び、そこから横へ逃げようとした。そのまぎわ、クラインの操り人形が速球のように消火器を投げつけてきた。

金属の円筒が湾曲したバイザーを直撃し、フェイスプレートが砕け、ストーンの額が鋭い破片で切れた。大きく窪んだ消火器は回転しながら遠ざかっていく。まばたきをして涙を絞りだした。割れたヘルメットの中には早くも塵煙が流れこんできており、ストーンはたちまち咳きこんだ。苦しい。息が詰まる。

額の傷から飛びだした血液がビーズ状になり、目の前でゆらゆらと揺れていた。意識をはっきりさせようと頭をふるったとたん、血の小滴は顔の前から離れ、暗赤色のルビーの集団となって向こうへ飛び去っていった。

〈レオナルド〉の底では、アンドロメダ侵蝕体の触手がさらに何本もクラインのからだにからみつきつつある。ゼリーのようなその表面は、いまはなかば融けた状態となり、ぷるぷると震えていた。ストーンは総毛立った。まるで異星生物の体内にでも呑みこまれたかのようだ。

おりしも、二、三メートル上で、ヴェーダラが息を吹き返した。

「ストーン?」ヴェーダラの声がいった。ストーンのヘルメットは破損していたが、スピーカーはぶじと見えて、まだちゃんと声が聞こえる。「どこに……いま、なにが……」

その音声をとらえて、ロボットがすかさずモジュールの壁面を這い登り、ヴェーダラのもとへ向かいだした。クラインはモジュール内の手すりの位置をすべて把握しているらしく、ロボットを敏捷に動かしている。とうてい可能とは思えないほどのすばやさだ。

ロボットはあまりにも遠く、あまりにも強く、あまりにも速い。あれではとてもとめられない。そして、ヴェーダラをめがけ、まっしぐらに壁を登っていく。

ストーンはクラインの痙攣するからだに向きなおり、

「ソフィー！」と叫んだ。「もうやめろ！　二度とはいわない！」

もちろん、ソフィー・クラインがやめるはずはない。相手はたったひとりで、病魔に冒されながらも、鉄の意志でもって、前代未聞の科学的偉業を打ち立ててきた人物だ。ストーンとしても、やめろというそばから、断じてやめないだろうとわかってはいた。

だからストーンは、宇宙服の胸部についているマジックテープのポーチを剝がし、中から小さなケースを取りだした。咳がひどい。耳鳴りもしている。なおも流れだす血の小滴と塵煙とで、ケースがはっきり見えない。

Ｒ３Ａ４は通路の近くまで登りつめ、いまにもヴェーダラに飛びかかろうとしている。

依然として朦朧としたまま、ヴェーダラは通路に入り、〈ユニティ〉モジュールのハッチまであがろうとしていたが、どうにもうまくいかないようだ。なにより、動きが鈍すぎる。ロボノートがっきとその右足首をつかみ、鋭くぐいとひねった。ヴェーダラの右ひざの靭帯が一瞬で切れた。

苦痛と驚きの悲鳴があがる。ロボットの圧倒的な力の前には抗《あらが》うすべがない。

だが、ヴェーダラの悲鳴を聞いたとたん、ストーンの顔からいっさいの迷いが消えた。

グローブをはめた手に握られているのは、小さな黒いケースだ。ケースの中に入っているのはもっと小さなガラスの瓶で、一面には〈オメガ〉と刻印されている。エドゥアルド・ブリンクの死体から回収したあと、安全のため、ポン・ウーはこれをヴェーダラにわたした。ヴェーダラはこの毒物を地上に残してきたがったが、ストーンはあえてＩＳＳまで持ってきた。まちがってもトゥパンに危害がおよばないようにするためもあったが、けっしてそうなるとは認めたくはない、深刻な展開に備える意図もあった。

いま、ストーンは黒いケースを開き、ガラスの小瓶を取りだした。もはや警告をするつもりはない。機械と同じで、ためらいもない。

手首をひねり、キャップをあけ、ソフィー・クライン博士のグロテスクな残骸に放り投げる。小瓶はなにもない空間を降下していった——小さく回転し、猛毒の液体を周囲にふりまきながら。円筒形のガラスの口から黄色い小滴がつぎつぎに飛びだしていく。つかのま、その小滴の群れがミニチュアの流星雨を形成した。モジュールの底に向かって流星雨が降りそそいでいく。

上のほうで、またしても鋭い悲鳴があがった。Ｒ３Ａ４が靭帯の切れた右脚を引っぱり、ヴェーダラを〈レオナルド〉本体内に引きずりこんだのだ。ヴェーダラを黙らせようと、Ｒ３Ａ４が破損したこぶしをふりあげた。この距離では、ストーンにはもう、なすすべもなく見ていることしかできない。

ヘッドマウント・ディスプレイをはめたソフィー・クラインには、頬にあたる神経毒の小滴を見ることができなかった。だが、それは即座に皮膚から吸収され、神経系を攻撃し、一瞬にしてロボノートＲ３Ａ４ヒューマノイド・ロボットとの繊細な神経接続を断ち切った。モジュールの天井付近で、ロボットがこぶしをふりあげたまま凍りつく。

「終わり《オメガ》だ」ストーンは悲しげにいった。「今回のことすべてが」

クラインは反射的にヘッドマウント・ディスプレイをはずし、ストーンの目を見つめた。そのあごが動き、声にならぬまま、なにかのことばを形作った。必死に苦闘しているが、首の筋肉が動かず、どうしても声が出せない。首の筋肉が引きつり、口の端からひとすじのよだれがたれた。そして、口からは最後の吐息も。

クラインがいおうとしたことばは、こうだった。

〝こんな……〟

神経毒が触れてから、わずか数秒間のできごとだった。

17：58：11協定世界時《UTC》、ワイルドファイア計画の遠隔操作科学者、ソフィー・クライン博士は、国際宇宙ステーション〈レオナルド〉モジュール内で息を引きとった。公式の死因は、神経毒がもたらす自律機能失調により、皮膚呼吸ができなくなったことによる窒息死だった。

クラインのからだはぐったりと動かない。かっと見開かれた目からも光が消えている。

ストーンは塵煙がけぶるモジュールの内部を見まわし、ヴェーダラを探した。彼女はいまも、〈ユニティ〉に通じる短い通路の下に浮かんでいた。バイザーの奥で、強烈な痛みに顔を歪め、荒い息をしているのが見える。

微小重力の中、ロボノートは宙にただよっている——こぶしをふりかぶった状態で凍りついたまま、放りだされた彫像のように回転しながら。ほどなく、侵蝕され、黒曜石のように黒くなめらかになった壁面に、やんわりとぶつかった。たちまち、ケブラー繊維でおおわれたロボットの外被に紫色の斑点がぽつぽつと現われはじめた。

ストーンは付近の手すりをつかんでからだを上に押しやり、〈ユニティ〉にいたる通路の下で待つヴェーダラのもとへ昇った。

両腕を広げてそばまで近づくと、ふたりはごく自然に抱きあった。一拍おいて、ヴェーダラの顔にショックの表情が浮かんだ。ストーンのヘルメットが割れていることに気づいたのだ。どこも割れてはおらず、いまも侵蝕から保護されているヴェーダラのバイザーには、ストーンの顔が映りこんでいる。その顔は汗と血にまみれていた。そして、鼻孔の下にはふたすじの、金属質の微粉が……。

感染のあかしだった。

「ああ、ジェイムズ」なおも抱きあったまま、ふたりで〈ユニティ〉に通じる通路へ入っていきながら、ヴェーダラはいった。

「なんてこと……なんてことなの」

45 別れ

ストーンはニディ・ヴェーダラのバイザーを見つめた。そこに映りこんだ自分の顔の奥から、ヴェーダラがじっと自分を凝視している。非常灯も塵煙も意識にはないらしい。その眼差しは険しく、恐怖と悲しみに満ちていた。

それはそうだろう。

黒い微粉が鼻孔の下に付着しているということは、微粒子を肺に吸いこんだことを意味する。それがリバース・エンジニアリングで作られた変異体であれ、新たに進化した謎の変異体であれ、ひとつ確実なのは——感染したということだ。

「だいじょうぶだよ」ヴェーダラを押しやって、ストーンはいった。「怪我をしたことは知っているが、きみならこの状況を立てなおせる。このモジュールを出てハッチを閉めるんだ。そして、ほかの宇宙飛行士たちを解放する。そうしたら、侵蝕されたこのモジュールと〈ワイルドファイア〉モジュールをステーションから切り離す」

「だめよ、ジェイムズ」ヴェーダラは震える声でいった。「だめ、そんなことはできない……」

Ｒ３Ａ４が入ってきたあとで、ハッチは閉まっていた。思わぬ展開に麻痺したようになったまま、ストーンは機械的に動き、すばやく上に腕を伸ばしてハッチに両手をかけた。

「ぼくも残念ではある。しかし、規定は知っているはずだ。感染した者は隔離しなくてはならない」

ハッチのデッドボルトをはずすストーンの耳に、ヴェーダラの震えがちの声がたずねた。

「体調はだいじょうぶなの？　痛みは？」

「だいじょうぶだとも。まだなにも異常は感じない」

その意味を考えて、ヴェーダラは眉をひそめた。

「妙ね……アンドロメダに感染すれば、数分で影響が出るものなのに。いまごろはもう、異常を感じているはずよ、通例なら」

「それはもうどうでもいいよ」

ストーンはそういって下を向き、ソフィー・クラインであったものの成れの果てを眺めやった。死体は灰色を帯びた青の目を大きく開き、ストーンを凝視しているように見える。そのからだはモジュールの底でうごめく塊に融合しかけていた。黒みがかったスミレ色の塊から伸びる触手の群れは、クラインの胸にからみついている――まるで海面下の黒い水界へ引きずりこもうとするクラーケンのように。

クラインはついに、自分が創造したものと一体化したのだ。

しかし、侵蝕はまだハッチにまで達してはいない。おそらく、時間の余裕はある。とはいえ、ぐずぐずしてはいられない。

「もう行ってくれ。行かないといけない」ストーンはうながした。「トゥパンの面倒を見てもらえるか？　かならずあの子を見つけてやってほしい。あの子にはきみの助けが必要だ」

涙をこらえて、ヴェーダラはうなずいた。

ストーンは咳ばらいをした。それから、感情を締めだした声で語をついだ。

「ぼくはここに残ってハッチを閉める、ヴェーダラ博士」

「ジェイムズ、待って……ほかにきっと方法が――」

「あったらよかったんだがね」ストーンはそういって、ハッチにかける力を強めた。

このとき、ヴェーダラは天才的な頭脳をめまぐるしく働かせ、ジェイムズ・ストーンを生かすシナリオを必死になって探していた。心のどこかに妙案が引っかかっている。なんとかできそうな発想が浮上しようとあがいている。だが、それを見つけだす時間がない。

満足のいく解決策はついに見つからなかった。

「礼をいうよ、ニディ」ストーンはそういって、ハッチを大きく押し開いた。ヘルメットの中に響くその声は、ヴェーダラの耳にくっきりと、焼きつくように残った。「あらゆることについて感謝している。できることなら……もっといっしょにいたかった」

ヴェーダラの目がストーンの肩ごしに、〈レオナルド〉内のようすをとらえた。アンドロメダの侵蝕は分子レベルでモジュールの内壁に広がっていく。ＩＳＳのほかの部分をも冒そうとして、容赦なく侵蝕の前線を伸ばしてくる。空中でゆっくりと回転するロボノートは、すでに金色の顔の半分を侵蝕体でおおわれていた。

「さようなら、ジェイムズ」ヴェーダラはいった。「ありがとう」

不承不承、別れを告げて、ヴェーダラはうしろ向きに浮かびあがり、開いたハッチから上に出た。ストーンが上に手を伸ばし、ハッチを下に引き降ろしだす。ヴェーダラは靭帯の切れた右ひざの激痛を無視しようと努めながら、中央の丸窓ごしに、ストーンの決然とした顔を見つめた。ストーンが通路の内壁に両足をつっぱり、残りわずかとなった隙間を閉じようとしている。あとすこしで、ハッチが完全に閉まる。

そのあいだに、ヴェーダラは無線で最後の告白を行なった。

「あなたがあとからこのミッションに加わったとき、わたしはてっきり、おとうさんの七光りのおかげだと思ったの。だから、あなたのことをきらっていた。どんな人物なのか知りもしなかったくせに。わたしはまちがっていたわ、ジェイムズ。そのことを知っておいてほしい。あなたのおとうさんがだれかなんて関係ない——あなたは調査隊に選ばれて当然の人材だったのよ」

ストーンはつかのま、動きをとめた。そして、自分のほうからも告白を行なった。

「そう気にやむことはないさ。ぼくにはぼくの、調査隊に加わるべき理由があったんだからね。ジェレミー・ストーンは、じつは養父なんだ。これは秘密なんだが……スターンは知っていたにちがいない。ぼくが生まれたときにつけられた名前は、ジェミー・リッター。五十年前、第一次アンドロメダ事件で生き残ったふたりの生存者の片割れだよ。あのときの赤ん坊——それがぼくなんだ」

壁につけたブーツの靴底を通じて、侵蝕にともなう振動が感じられる。別れを告げる時間はもうおわった。眉根を寄せ、指に力をこめてハッチを下に引き、完全に閉じようとした。ハッチを閉めてしまえば、あとはレバーをまわし、デッドボルトを受け口にすべりこませるだけだ。

だが、そのハッチが閉まらない。なにかが引っかかっている。

見ると、ヴェーダラが例の窪みができた消火器を隙間につっこんでいた。ついでヴェーダラは、壁に片足をつっぱり、両手をハッチの縁《ふち》にかけ、勢いよく上に開き、ストーンに反応するひまも与えず、胸の突起に指をかけ、有無をいわさずハッチの上へ引っぱりあげた。

「ニディ！」叫んだときには、もう手遅れだった。

侵蝕体の波打つ塊がぐんと膨張し、ヘビのような触手を何本も伸ばしつつ、ハッチの付近まで迫ってきたのだ。ストーンとしては、ヴェーダラに手を貸し、気密ハッチを閉じるほかなかった。

ハッチが完全に閉まると、ストーンはヴェーダラに向きなおり、憤然といった。

「いったいなにを考えてこんなまねを――」

最後までいいおえることはできなかった。いきなりヴェーダラに引きよせられ、ヘルメットのハーフミラー・バイザーに自分の割れたヘルメットを押しつけられたのだ。フェイスプレートがほとんどなくなっているため、顔に触れるヴェーダラのバイザーが冷たく感じられた。そのバイザーを通して、ヴェーダラが目をうるませ、笑み崩れているのが見えた。

ヴェーダラはいままでの人生において、どんな部屋にいようとも、つねにその部屋でもっとも聡明な人間でありつづけた。惑星・地球の何万キロも上空にあるこの部屋にいても、それは例外ではない。そういう人間ならではの、冷静で自信に満ちた声で、ヴェーダラはいった。

「ジェイムズ。感染してこれだけ時間がたっているにもかかわらず、異常の徴候は出ていない。そんな状態を成立させる唯一のシナリオはね——感染していないというシナリオよ。わかる？」

「しかしぼくは微粒子を吸いこんだ。こうも早く免疫ができるはずがない。それは不可能だ」

「そのとおりよ。けれど、赤ん坊だったとき、あなたはAS・1に感染したでしょう？　そのとき死なずにすんだのは、あなたが大泣きしていたおかげで、血液pH《ペーハー》のアルカリ度が極端に高くなっていたから。そして、アンドロメダ微粒子があなたの体内でAS・2変異体に進化した結果、あなたの肺は人体を攻撃しないよう変異した微粒子の被膜でおおわれた……」

「そして……アンドロメダは亜種の変異体同士で無視しあう」ストーンはあとを受けた。

「わたしの抑制剤スプレーの反応抑制原理がまさにそれ」

「そうだったのか……」

「そうだったのよ。過去にアンドロメダ因子に暴露したため、あなたは肺経由の感染から効果的に護られている。だからあなたはここにいるの。だからスターンは土壇場であなたを選んだのよ、直感の閃きで」

46　復旧した通信

ピーターソン空軍基地にある北方軍《NORTHCOM》のコントロールルームでは、正午をすこしまわったところだった。ランド・スターン空軍大将は、自分は運がよかったと思った。四人の娘は、父親がときおりなんの説明もなく連絡がつかなくなる事態に慣れてくれている。四人ともいい子たちだ。いつもとても理解がある。

大将はいま、両手をうしろに組み、部屋の奥に立っていた。その手が強く握りしめているのは、ある許可コード番号を記した紙片だ。はたして自分は、今回の家族との連絡不能期間を生き延びて、妻と娘たちにまた会うことができるだろうか。

これまでの人生で、スターンがこれほど無力感にさいなまれたことはなかった。

正面にならぶ大型スクリーンが映しだしているのは、さまざまな軌道上の望遠鏡が——軍用のものもあれば政府のものもあり、民間機関から徴用したものもある——さまざまな角度から撮影した国際宇宙ステーション《ISS》の映像だ。ＩＳＳは刻一刻と遠ざかり、つねに暗くなりつづけている。

あのリボンのような奇妙なテザー——風にただようクモの糸のような、ほとんど肉眼では見えないあのテザーは、ますます長く伸びるいっぽうで、とまる気配がない。

この一時間、ISSの内部でなにが起きていても、地上からはわからない状態がつづいていた。ロボット・アーム相手の大立ちまわり以降、フィールド・チームの形跡は見られない。ここコントロールルームでは、ほぼ完全な静寂のなか、ぴーんと空気が張りつめている。

スターンにはわかっていた。あの中ではいま、生死を賭けた戦いがくりひろげられているにちがいない。わからないのは、どちらが勝ったかだ。

「閣下」スターンの先任分析官がいった。「いまだ、ふたりからの連絡はありません。そろそろ、ご決断をなさっては……」

「まだだ」スターンは答えた。静かだが、有無をいわさぬ、重みのある声だった。「そのときになれば——もしもそのときがくれば——そう指示する」

「承知しました」

「当面、〈フィリックス〉および〈キング〉両飛行隊には、交替で防衛任務を継続させる。全戦闘機および全兵器には、どれほどの犠牲を払ってでもテザー防衛に全力をあげさせろ」

スターンはそこで黙りこみ、手にした紙片を見つめた。そこにあるコードを声に出して読みあげれば、ついにズールー作戦が発動する。

二時間十六分前、スターン大将は大統領にこの作戦の実行を求め、許可を得た。これは秘密作戦計画であり、ひとことでいえば、合衆国とその委任統治領および領地の政府と全自治体に対して、何千もの警告を大量に発令するものである。前代未聞のこの処置においては、まず政府高官と関連職員をあらかじめ決められた安全な場所に移動させ、しかるのち、合衆国全土に戒厳令を発令する。

つづいて、合衆国全土の州兵五十万をそれぞれの基地へ、全警察署および全消防署の要員を所轄の部署へ配備させ、教会指導者と被災者収容施設の草の根ネットワークに対し、膨大な数の被災者に対処する準備の開始をうながす。すべての医師と看護師は、都市部の大規模総合病院において、非常時シフトに組みこまれることになる。

ズールー作戦は、およそありえない軍事シナリオ——敵性諸国が連合し、総力をあげて急襲・地上侵攻をしてきた場合を想定しての、最後の砦《とりで》的な作戦として立案されたものだ。

しかし、信じられないことに、それよりもさらに恐るべきシナリオが実現しようとしていた。このままでは、自己複製する地球外微粒子により、合衆国が地上・水上双方から侵蝕される可能性はきわめて高い。スターンはこのズールー作戦を、それを防ぎとめる最終防衛策として実行するつもりでいた。侵蝕前線はおそらく、赤道直下の発生源から北へ進んでくる。まず最初に、大量の難民がメキシコと中央アメリカから押しよせてくるだろう。何千万という難民が、怒濤《どとう》の侵蝕前線が迫るとの知らせを受けて逃げてくるはずだ。つづいて合衆国は、土壌、空気、水に対する、とどめようのない侵蝕の連鎖反応にさらされる。

〝世界の終わり〟というのは、けっして過剰な表現ではないのである。

室内は静まり返り、分析官たちは緊張の極みにある。それだけに、いきなりザッと無線のヒスノイズがあがったときには、ごく小さな音であったにもかかわらず、全員が飛びあがった。

無線機のイヤピースを二本の指で耳に押しつけて、分析官のひとりが報告した。

「ヒューストンより、ISSとの通信が復旧したとのことです」

室内にどよめきが走りぬけ、いっせいに拍手が沸き起こった。スターンは視線で一同を静めた。

「ISSからの通信を室内の全スピーカーに出せ」分析官の顔に驚きの表情が浮かぶのを見て、スターンは補足した。「ヒューストンのミッション管制センターだけではない、モスクワにも聞こえるようにしろ。いい知らせであれ悪い知らせであれ、もはやどの勢力も一蓮托生《いちれんたくしょう》だ」

分析官たちが眉根を寄せて顔を見交わしあった。部屋じゅうのスピーカーからヒスノイズが響きだす。スターンがうしろにまわした手にもいっそう強く力が入った。許可コードの紙片は汗で湿っている。だが、その顔だけは冷静さをたもったままだ。

コントロールルームの奥に立つスターンは、あたかも自分の船と沈みゆく船長のように見えた。

「通信が明瞭になってきました」さっきの分析官がふたたび報告した。そのことばどおり、ノイズがことばらしく聞こえはじめている。「この通信はISSモジュール同士で交わされているものので、こちらに向けられたものではありません。音声が途切れがちですので、現在、リアルタイムでテキスト表示化を実行中です」

［…］

ISS・ハマナカ　……なにをすればいいか、いって。

ISS・ストーン　連れの右ひざが壊れてる。満足に動けない。医療設備は？

ISS・ハマナカ　手当てなら、わたしが。いまそちらへいくわ。

ISS・ストーン　助かる。ハッチのロックは解除した。熔接されていた金属棒も梃子《てこ》でひっぺがした。コマロフ、生命維持装置の安定と、ミッション管制センターへの連絡をたのめるか？　センターに連絡して……侵蝕はリボン・テザーにおよぶ寸前だと伝えてほしい。ヴェーダラの見積もりでは、ひとたびリボンに侵蝕したら、地表に侵蝕体が到達する時間は、長く見積もっても一時間、たぶん、もっと短い。

ISS・コマロフ　もうセンターには通信が聞こえているはずだ、ストーン。おれの勘ちがいでなければな。

ヒューストン・CAPCOM　こちらヒューストン。つづけてくれ。

ISS・ストーン　オーケー、わかった。やあ、ヒューストン。ミッション管制センターに詰める天才たちの総力がいる。第一に、地表側でリボンを切断した場合、どうなるか検証してほしい。

ヒュー・CAPCOM　すこし時間をくれ……ストーン、こちらの計算では、地表側でリボンを切断した場合、その衝撃がリボン経由で伝わって、ISSの微妙な軌道制御が崩れ、リボンの重みでISSがゆっくりと地球に引っぱられ、破壊的な再突入にいたる。ISSその結果がゆっくり変わらない——ISSが静止軌道から大きく遠ざかるまでは。はすくなくとも五万六〇〇〇キロ遠ざかれば、ISSは脱出速度に達して、リボンの重みを打ち消せるんだが。

ISS・ストーン　では、その線はなしだな。

ヒュー・CAPCOM　そのとおりだ。悪い知らせはほかにもある。ISSが侵蝕された〈ワイルドファイア〉モジュールを切り離せば、モジュール自体がリボンの重みで地球に引きよせられる。残念ながら、ここでは解決策が見つからない。

ISS・ストーン　もしも……もしもリボンを適切な高度で切断できたら？

ヒュー・CAPCOM　それは興味深い。［マイクから離れての、切迫したささやき］質量計算をしてみたところ、なんとかいけそうだ。地球に近い部分ほどかかる重力は大きくなるから、リボンを切断すべきは……高度四八キロのあたりか。そこを切れば充分な重量を取り除ける——衝撃が上端まで伝わるころには、そこから上のテザーとISSは脱出速度を得られているだろう。下側のテザーは充分に短いから、大気との摩擦で燃えつきることなく地表に落下してくるはずだ。切断したら、ISSにはただちに侵蝕されたモジュールを切り離してもらわねばならない。切り離しがすめば、こんどは全推力で減速してもらう必要がある。でないと、深宇宙へ飛び去ってしまうことは避けられない。

ISS・ストーン　では、切断は可能だと……

PAFB・スターン　ストーン、こちらスターン将軍。切断は不可能だ。高度四八キロは高すぎる。核搭載のＩＣＢＭではリボン材質にエネルギーを与えることになるから目的を果たせない。といって、地対空ミサイルを垂直に発射した場合、最大有効高度は三六キロだ。当該区域にいるわが軍の航空機にしても、最大高度は二〇キロ——必要な高度の半分にも満たない。

ISS・ストーン　すると、方法はひとつしかないな……。

PAFB・スターン　……まさか、きみは——

ISS・ストーン　クライマーで降下する。高度四八キロで首尾よくリボンを切断できれば、あとはパラシュートで降下すればいい。ヒューストン、どう思う？

ヒュー・CAPCOM　とんでもないことを……ああ、いや、可能だろう。すこし待っててくれ……ＩＳＳの主備品目録に、スペースシャトル時代に使われていた旧式の宇宙服がある。通称、カボチャ色スーツ《パンプキン・スーツ》が。

〈ザーリャ〉に保管してあることになっているな。それは……ACES——つまり先進型のクルー脱出用スーツ《アドバンスト・クルー・エスケープ・スーツ》だ。パラシュートも備えている。主傘《しゅさん》のほかに制動傘《せいどうさん》つきで。まだちゃんと機能する状態であればいいんだが。

PAFB・スターン　パラシュートを使うには高度が高すぎる。

ヒュー・CAPCOM　最高記録は四〇キロです。技術的には不可能じゃない……

ISS・ストーン　テザーの切断はどうする？　こさえられそうな道具はあるか？　それとも、爆弾のたぐいか？

ヒュー・CAPCOM　ん？　いや……それはだめだな。［神経質な笑い声］テザーは強靭すぎてそう簡単には切れない。……それに、切ってもたちまち再生してつながってしまう。［横のだれかに向かって］彼があのしろものを破壊するには、超高圧の［マイクを離れてのささやき］……ああ、彼ならやるとも！　［もみあう音］

ISS・ストーン　もしもし？　聞こえてるか？

ヒュー・CAPCOM　ストーン博士、きみに必要なものはモジュラー成型炸薬弾《さくやくだん》だ。もっぱら金属を焼き切るために開発されたしろものだよ。

ISS・ストーン　だとしたら、無理だな。

……

ISS・ストーン　ヒューストン？

……

ヒュー・CAPCOM　そちらから話してください、将軍。あなたの務めです。

PAFB・スターン　わたしには、その……軌道上での実験について、肯定することも否定することもできないのだが。なんというか……たしかに、そういうものはある。ISSに。

ISS・ストーン　こんなときに、かつぐ気ですか。
ヒュー・CAPCOM　コマロフ、例の衛星攻撃衛星の搭載品だが、回収は——
ISS・コマロフ　とうにすませてある、ヒューストン。
ヒュー・CAPCOM　では、その線でいくか。
ISS・ストーン　その線でいこう。
ISS・コマロフ　ストーン博士、ちゃんと地球に帰りつけるよう、旅の無事を祈って乾杯したいところだが、状況が状況だ、ロシア語で〝ウダーチ〟というだけでかんべんしてもらいたい。これはグッドラックという意味だ。ほんとうに、勇敢な男だよ、きみは。

［通信終了］

　スターンは正面にならぶスクリーンから視線を降ろした。部屋じゅうの分析官が、蒼白の顔で自分を見つめている。ゆっくりとまばたきをしながら、全員に視線を返した。ややあって、通信担当分析官が咳ばらいをし、こういった。

「閣下。この試みが失敗におわれば……ズールー作戦の遂行準備を？」

　スターンは分析官の顔をじっと見つめた。目の下には隈《くま》ができ、あごには不精ひげが生えている。すくなくとも二日は着ているシャツのポケットには、コーヒーのしみがついていた。

「いいや」とスターン空軍大将は答えた。「準備はしない。ズールーを実行するにはもう遅い。この試みが成功すればよし、さもなければ……終わりだ。基幹要員以外の者は帰宅するように。家族のもとへ帰ってやれ」

　スターンは背を向け、奥のブースへ歩みだした。そして、歩きながら、肩ごしにこうつけくわえた。

「これは命令だ」

47　終端速度を超えて

「急いで」ニディ・ヴェーダラがうながした。その顔は〈ズヴェズダ〉モジュールの暗い舷窓に押しつけられている。「新たな侵蝕はいったん封じこめたけれど、そう長くはもたないわ」

外の宇宙空間では、〈ワイルドファイア〉と〈レオナルド〉両モジュールのあいだに、生物を思わせる侵蝕体の触手が無数に掛かっていた。そのようすは、肉の塊と塊のあいだに伸びる筋のようでもあった。

「落ちついて」炭素繊維の副木《そえぎ》をヴェーダラの右ひざに固定して、ジン・ハマナカがなだめた。副木を当てる前に、右ひざの筋肉にはモルヒネを二十ミリグラム注射してある。「じきにぼうっとして、吐き気もしてくるでしょう。もう横になってもいいわよ」

「冗談じゃないわ」ヴェーダラは予備の遠隔操作ステーションに顔を向けた。「しなくてはならないことが山ほどあるのに」

まばたきをして意識を集中させ、コンピュータにアクセスする。キーボードを連続してたたき、クラインのプログラム群を調べはじめた。やっとのことで、それらしいプログラムを探しあてた。起動したウィンドウに表示されたのは、このようなタイトルだった。

〈降下速度情報〉

「はじめるわよ」

ヴェーダラの緊迫した声が、コマロフとストーン双方のヘッドセットに響いた。ふたりはいま、〈デスティニー〉実験棟モジュール内部深くでたがいに背中を向けた状態で出発の準備をしているところだ。このモジュールは国際宇宙ステーション《ISS》で最大のもののひとつで、いたるところにメタリック・ブルーの手すりが突きだしており、整然とならぶ実験ラックには、各種の装備、実験装置、けっしてすくなくない量の、かならずしも必須ではないガラクタが収まっていた。ストーンが地球から着てきた宇宙服は、汎用生命維持《アンビリカル》ケーブルにより、このモジュールのサービス・冷却パネルにつながっている。ふたりが話をしているあいだに宇宙服のバッテリーは再

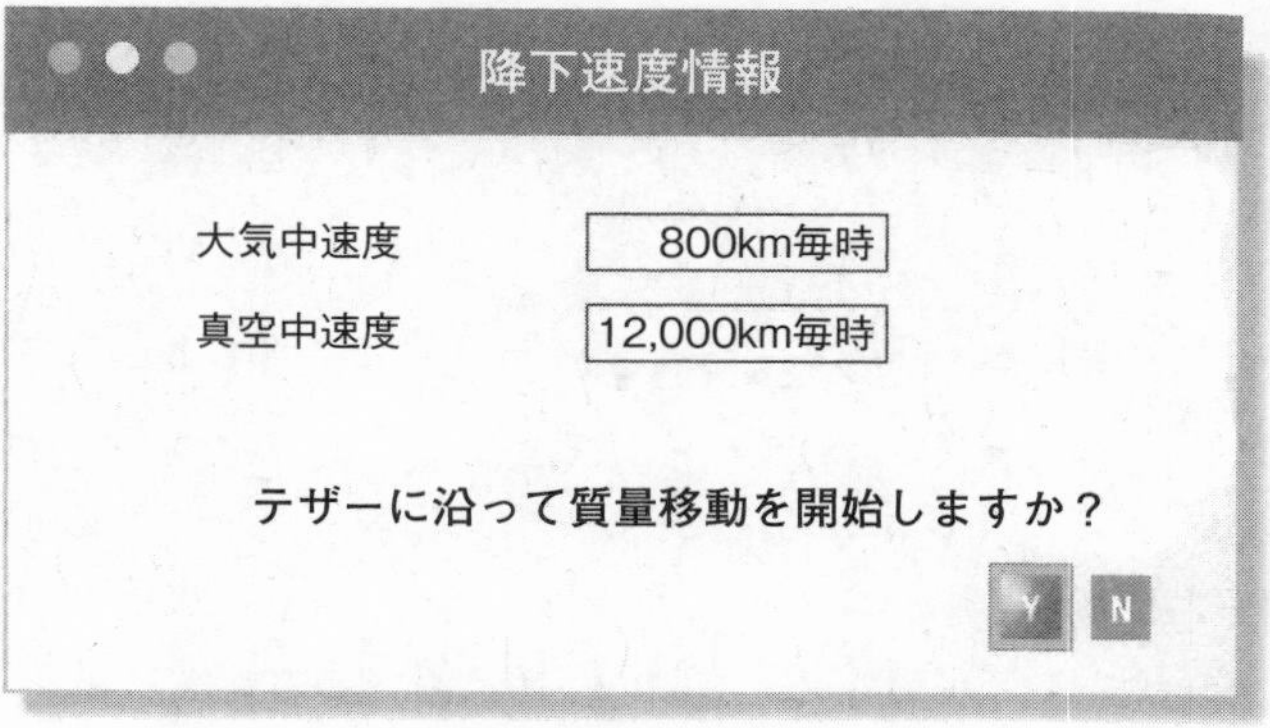

充電され、空気と水もめいっぱい再補充されていた。あちこち傷だらけの宇宙服自体については、ＩＳＳのクルーが使用可能かどうかを大急ぎで徹底的にチェックし、任に堪えるとの判断を下している。

コマロフはすでに、明るいオレンジ色のＡＣＥＳ——先進型クルー脱出用スーツ《アドバンスト・クルー・エスケープ・スーツ》を保管場所から引きだして、パラシュートを剝ぎとり、大雑把な形ながら、ストーンの宇宙服の背中に固定しおえていた。ロシア人の宇宙飛行士によれば、この古びたパラシュートは、今回のような非常事態に備え、高速で降下する事態を想定して設計されたものだ。ただし、これを装着して脱出する人間は、行く手にどんな危険が待ち受けているかわからないのがふつうだという。

「きみにとっては、ますます都合がいいんじゃないか？」とコマロフがいった。

ロシア人はいま、実験トレイに両手をつっこみ、なにかをあさっているところだった。いかにも楽しそうな表情で、調子っぱずれの歌をハミングしている。

「見つからないか？」ストーンはたずねた。「ヒューストンはそこにあるといっていたんだが。右舷ペイロード・ラック№２に」

「だいじょうぶ、だいじょうぶ」コマロフは答えた。「この中、ちょっとデリケートなことになってるんだよ。もうすこしのしんぼうだ」

ここでロシア人は、やっとのことで長い金色の円筒形容器を探しあてた。ついでコマロフは、そばに浮かぶ派手な色をした鋼鉄の斧《おの》を手にとった。前腕の筋肉を盛りあがらせ、斧頭《ふとう》を使い、容器の端をこじあけにかかる。

「ほんとうは、おれがいくべきなんだがな」コマロフがいった。斧に力を入れるたびに、声にも力が入る。「残念ながら、ここにきてから六カ月になるんで、脚がゴムみたいにふにゃふにゃだ。だいいち、ヒューストンはロシア人を信用しないだろう」

「斧なんて、どこから持ってきたんだ？」

コマロフはそっけなくかぶりをふった。

「ロシアのモジュールには、例外なく、ハッチに小さな斧が取りつけてあるんだよ。アメリカ人みたいに、万一に備えてモジュールの外にライフラインを這わせておくのはカネの無駄だ。非常事態が起きて、すべてのハッチをロックしなきゃならなくなったら——斧の出番さ」

「斧の？　どう使うんだ？」

「配線をな。ブツッ、ブツッ。ぶった斬るんだ。電気が通じなければ、ハッチはあかなくなる」

ストーンはことばを失うと同時に、クラインと対決した場所がアメリカ側区画のモジュールであったことに感謝した。

コマロフが容器をこじあけおえた。中身をそっと引きだしにかかる。出てきたのは花瓶サイズの円筒だった。一端には、銅でできた中空の円錐形カバーが取りつけられており、そのため、ロケット弾か砲弾のように見える。円筒の後端には太い金のピンがついていて、そこから短い引きひもでＯ環《オーかん》がぶらさがっていた。

「これが例のブツだ」とコマロフはいった。「構造はいたってシンプル」

それは明らかに、攻撃型哨戒衛星《ハンター・シーカー》から回収した兵器だった。だれもがこれの存在をはっきり口にしたがらないことにも納得がいく。ストーンは眉をひそめた。

ストーンの表情を見て、ロシア人は肩をすくめた。

「中国人の常套手段だよ。すくなくともおれたちは、こういう露骨な手は使わない」

「使いかたは？」

コマロフは金属の円錐形カバーを指し示した。

「こっちの端をテザーに向けて、全体をなにかにしっかりと固定する。それから、このO環に指をかけてピンを引き抜く。二秒たてば、ブシューッ。呑みこめたかい？」

ストーンはうなずいた。

「準備はできてる。では、エアロックをあけてくれ」

「ああ、それと、もうひとつあるんだがな、わが友よ」

「なんだい？」

「よけいなお世話かもしれんがね。もしかして、ヘルメットがいるんじゃないのかな」

ストーンはグローブをはめた手を顔に持っていき、頬の血の痕に触れて愕然とした。そういえば、割れたヘルメットははずしてしまっていたのだった。コマロフが大声で笑い、反動でからだが浮かびあがらないよう、手すりをつかんだ。ロシア人の宇宙飛行士は、ヴェーダラがかぶっていたヘルメットをストーンの頭にかぶせ、手慣れた手つきであちこちを探り、しっかり固定した。宇宙服のサイズはちがっても、ヘルメットの大きさは共通だから、使用に支障はない。

「いやはや、アメリカ人というやつはなあ――〝おお神さま《ボージェ・モイ》〟といいたくもなろうじゃないか」

かぶりをふりふり、コマロフはつぶやいた。「そのくせきみらは、おれたちを〝向こう見ず〟呼ばわりするんだからな」

まもなくストーンは、成型炸薬弾をかかえ、〈クエスト〉エアロック・モジュールに移動した。最後に、コマロフは親指をぐっと立ててみせ、ハッチを閉じ、減圧ポンプを始動させた。空気が排出されていくのにともなって、ストーンはぶるっと身ぶるいした。冷たさが宇宙服の中にまで忍びこんでくる。すぐさま、再充電したヒーターが太腿と胸を温めだした。この数時間で、ストーンは〈Z‐3〉宇宙服にすっかり馴じんでしまっている。とはいえ、クラインとの苛酷な戦いで、ただでさえ疲労していた筋肉にいっそうの負担がかかり、いまでは鉄の甲冑《かっちゅう》のように重く感じられていた。

待っているあいだ、ストーンは襟環《カラー・リング》のマイクに語りかけた。

「ニディ？　コントロール装置のほうは？」

「問題は……」静かな声で、応答が返ってきた。

「問題？　どうした、ニディ？　なにかあったのか？」

「……なにもないわ」ヴェーダラはいいおえた。反応が鈍いのは、朦朧《もうろう》としがちな意識を集中させようとしているからだろう。「問題なし。調整完了」

「モルヒネ、どれくらい射たれたんだ？」

「医療上、必要な分量よ。でもね、ジェイムズ、ひとこと、いいたいことがあるの。というより、ひざの痛みで思考力が鈍っていなかったら、もっと早くにいっていたはずのことなんだけれど。

いい？　あなたがこんなことをする必要はさらさらないのよ？」

「ぼくがしなければ、おおぜいが死ぬ。ぼくのたいせつな人たちも含めてだ」

「わたしがいっているのはそれなのよ。わたしのためなら、やめてほしかった。わたしのためにこんなことをする必要はなかったのよ。これがどれだけ危険なことかは、よくわかっているもの。助けてもらわなくたって、わたしはだいじょうぶ」

「もちろん、ニディ、きみのためでもある。しかしこれは、彼のためでもあるんだ。わかるだろう？」

「トゥパンね」

「あの子はたったひとりであそこにいる。家族はアンドロメダに奪われた。アンドロメダはあの子がほんとうに属していた唯一の世界を奪ってしまったんだ」

ストーンはその先を呑みこんだ。昂ぶる気持ちを抑えて、こんどはゆっくりとつづける。

「ぼくはあの子のところにもどる。そのむかし、あの人がぼくにしてくれたのと同じように」

このときストーンは、宇宙服の外被に振動が走るのをおぼえた。エアロック外扉《がいひ》のロックが解除されたのだ。壁で赤く発光していた四角のランプが緑に切り替わった。いよいよ出発の時だ。

「幸運を祈っていてくれ」とストーンはいった。

ヴェーダラには、なにもいうことができなかった。


出発まぎわにおいて、与圧宇宙服でモニターされていたストーンの生理機能データは、彼が極度に疲労していることを示していた。息があがっており、無線でのやりとりもままならない状態で、ときどき意識を失ってもいたようだ。まるで水中にいるかのように、ゆっくりと動きながら、国際宇宙ステーション《ISS》のぼろぼろになった外殻のそばを泳いでいく。

地球ははるか遠く、小さく見えている。

背中にはかさばる荷物をかついでいた。パラシュートと成型炸薬弾である。これを背負って宇宙空間を移動するのは至難の業《わざ》だった。途中、何度も手すりにつかまり、静止した。自分が休憩しているのか気を失っているのか、それすらもはっきりしなかった。

二十分後、とうとう動けなくなった。宇宙空間を飛んで、どうにか昇降機《クライマー》にたどりつきはした。しかし、もはやからだがいうことをきかない。

「ジェイムズ？」無線からヴェーダラの声がいった。「ジェイムズ、動かなくてはだめ。侵蝕はいまにもリボンに飛び火するかもしれないのよ。そうなる前に降下しなくては」

ストーンは答えなかった。二十秒間、通信回線には、ただノイズだけが響いていた。

それから、何度か大きな吐息をはさみながら、ストーンは応答した。

「クライマーの準備をする、ニディ。いまフックを接続しているところだ。そちらはリボン焼灼後、ただちにISSから侵蝕モジュールを切り離して、減速する準備をしてくれ。モジュールは深宇宙に送りだしてしまおう」

侵蝕モジュールが連結しているせいで、ISSの内部温度は十度上昇しており、換気と冷却システムは限界を越えて酷使されている。しかも、ミッション管制センターとの接続が切れていた二十四時間のあいだに、無数の問題が発生し、顧みられぬままに放置されていた。

やっとのことで軟禁状態から解放されたハマナカとコマロフは、それぞれ即座に、ヒューストンとモスクワに連絡をとり、対応を協議した。双方の国から何百人という科学者らの協力を得て、生命維持と環境関係で山積していた問題は優先順位をつけられ、つぎつぎに解消されていった。地上では、適正なタイミングで切り離しと減速開始を行なうため、おおぜいの数学者たちが懸命に計算を行なっている。

ＩＳＳの予備遠隔操作ステーションに残り、外部の侵蝕状況を監視しているのは、もはやヴェーダラひとりしかいない。カメラを通じて見ているかぎり、状況はけっして楽観視できるものではなかった。

小刻みに揺れる無数の侵蝕繊維は、〈ワイルドファイア〉と〈レオナルド〉の両モジュールを包みこみ、両者をすこしずつ融合させ、ひとつの脈動する球体へと変貌させつつある。黒紫色をした金属質の表面全体には、緑に光る無数の突起が生じていた。これがモルヒネの見せる幻覚でないとはいいきれないが——うねる塊の中から、ヴェーダラはなにか慄然とする形のものが出現しようとしているのをかいま見た気がした。曲がりくねった金属質の四肢のようなもの。そして、回路基板を連想させる、さらに複雑な表面——。

アンドロメダの進化はいまも進行しているのだ。

ストーンがクライマーのプラットフォームに自分と成型炸薬弾とを固定するまで、さらにもう二十分かかった。最初に行なったのは、昇ってきたときと同じく、クライマーを円形に取り囲む鋼鉄格子の隙間に保持索《テザー》フックを接続することだった。つづいて、ロシア側モジュールで分けてもらった結束バンドを——きわめて強靭な銅の丸線を使い、成型炸薬弾の両端をしっかりと床の鋼鉄格子に固定した。円錐形の先端はクライマーの真芯を——連結糸《リボン》の方向を向いている。

最後に、保持索《テザー》フックの先端を腰の結合具《アンカー・ポイント》にしっかりとつないだ。これは降下中にからだを放りだされないための用心だ。つづいて、それよりもずっと長いもう一本の保持索《テザー》フックを、成型炸薬弾の後端にある金色のピンに接続した。

与圧服の中で汗みずくになり、朦朧《もうろう》としたまま、ストーンは床格子に腰かけた。はるか下には——気が遠くなるほど下には——丸い地球が見えている。リボン自体はほとんど見えない。かすかなきらめきでそれとわかる程度だ。それでも、クライマーのプラットフォームの骨格を通じて、リボンが歌っていることは感じられた。

こうして、ジェイムズ・ストーン博士は出発準備を完了した。

「準備ＯＫだ」無線で報告する。「いつでもいいぞ」

「ジェイムズ」ヴェーダラがいった。名残惜しさに、最後のひとときを引き延ばしたいのだろう。「あなたといっしょにこの苦境を生き延びたい。信じてるわよ」

「しょせん、長く伸び過ぎただけのジェットコースターじゃないか、ニディ。それじゃあ、ライドをはじめよう」

不承不承、ヴェーダラは遠隔操作により、クライマーのロック解除ボタンを押した。

クライマーががくんと動き、ＩＳＳ全体に振動が走った。ついで、クライマーの最上端にあるローラーが回転しはじめた。ただし、昇ってきたときとは逆の方向にだ。さまざまな装備を剝ぎとられ、最低限機能するだけの状態にされたクライマーは、下方に向けて加速を開始した。それから数秒のうちに、クライマーの降下速度は時速一万二〇〇〇キロに達していた。底知れぬ降下がはじまるとともに、ストーンの世界から〝底〟の概念が消えた。

いっぽうISSでは、太陽電池パドルが震えだしていた。クライマーがテザーを降下していく振動が伝わっているのだ。なにもかもがひっそりと静かな中で、振動がリボンを駆けぬけるのに合わせ、共振による不気味なうなりがヘルメット内に伝導してくる。

ストーンは振動する鋼鉄プラットフォームの床にしがみついていた。床格子につっこんだ指が痛い。ヘルメットの鏡面処理されたバイザーごしに、固唾《かたず》を呑んで下を見つづける。ゆっくりとではあるが、地球は着実に大きくなってきていた。

自分はいま、時速一万二〇〇〇キロで動いている。国際宇宙ステーションの通常の軌道速度にくらべれば半分にも満たない速度とはいえ、地表の付近でなら驚異的な高速だ。それでも速さを実感しないのは、現状が微小重力環境下にあり、空気の抵抗もないからだった。

数分おきに、床格子に縛りつけた成型炸薬弾をチェックし、しっかりと固定されていることをたしかめる。成型炸薬弾の噴射ができなければ――たとえできても、リボンの切断に失敗すれば――この事態の背後にどのような異種知性が存在するのであれ、アンドロメダ因子はほぼ確実に地球から生物を一掃してしまう。

　しかし、ストーンの頭にあるのはトゥパンのことだけだった。あの子はたったひとりで、隔離地域のただなかに放置されている。なにより、あの子と交わした約束があった。トゥパンの身に対する心配から心をそらすため、ストーンはこの仕事を完遂するのに必要な手順を心の中で何度もくりかえした。そうこうするうちに、いつしか二時間以上が経過していた。

「下はどんなぐあい？」ヴェーダラが無線でたずねてきた。

　その声は、ヘルメット内に伝導するリボンの歌声に呑みこまれてしまいそうだった。

「眺望絶佳《ぜっか》だね。現況は？」

「目標高度まで三二〇〇キロを切ったところ。大気圏に再突入するのが高度一〇〇キロだとして、安全マージンを考えて、高度一六〇〇キロでクライマーを減速させるわ」

「了解。そのときは——」

　21：11：20協定世界時《UTC》、だしぬけに、クライマーが激しく揺れた。どこか上のほうで発生した原因によって、クライマーに複雑なGがかかり、プラットフォームが左右に大きく揺さぶられたのだ。予期せぬ衝撃を受けて、ストーンは床格子から外へ放りだされた。さいわい、短いほうの保持索《テザー》フックが宇宙服をつなぎとめてはくれたものの、ストーンの全身は降下するプラットフォームの縁からだらんとぶらさがる格好になった。必死にブーツをばたつかせる。そのすぐそばを、すさまじい速さでリボンが上にすべっていく。

　この衝撃を受け、プラットフォームから弾き飛ばされた塵の粒子が上と下のリボンに衝突して発火し、盛大な火花のシャワーをほとばしらせた。ストーンはただただ祈った——宙ぶらりんのブーツの上に光の飛沫《しぶき》が降りかかるあいだ、宇宙服がしのぎきってくれることを。

三分近くのあいだ、クライマーは大きく揺れつづけた。足の下は虚空なので踏んばりようがない。その間《かん》、保持索《テザー》でぶらさがったまま、ストーンはぼろ人形のように荒々しくふりまわされつづけた。どうにか大きな揺れが収まると、渾身の力をふりしぼり、掛け声とともに、必死の思いで床格子の上に這いあがった。あがったあとは、プラットフォームの壁にしっかりと背中を押しつけた。それから何分間かは、息をととのえるだけでせいいっぱいだった。

「いまのは——なんだったんだ?」やっとのことで、あえぎあえぎ、ストーンは無線でたずねた。

「侵蝕体がリボンに広がったの」ヴェーダラが答えた。「そちらに向かっていくわ。それも、ものすごい速さで」

「どれくらい速い? こちらよりも速いのか?」

「なんともいえない。待ってて。いま確認するから。めざす高度まで十分。あとわずかよ」

ストーンは報告を待った。だが、ヴェーダラの声のわななきようからすると、いまのはうそであるような気がした。あれほどなめらかだった降下は、横揺れと振動だらけの降下に変わっている。車を運転していて、舗装道路から砂利道に変わったような感じだった。リボンの引っぱり強度がわずかに変化したような印象もある。侵蝕により、ナノスケールの変換過程が発生して、リボンの原子構造を組み換え、新たに進化したアンドロメダ材質へと変異させているのだろう。

それも、似て非なるものに。

そのとき、胃がすーっと沈みこむような感覚をおぼえた。プラットフォームが減速を開始したのだ。空気との摩擦でばらばらになるのを避けるためには減速せざるをえない。それでもまだ、時速八〇〇キロというとんでもない速度が出ている。地球はふたたび、視界を覆いつくすほど巨大になっていた。上を見あげれば、うっすらと銀色に輝くリボンの上のほうは、すでに毒々しい黒に変色している。

「間にあいそうか、ニディ？」無線で問いかけた。「ほんとうのことをいってくれ」

「あとわずか、八〇キロ――」

「ほんとうのことをいえ！」

「リボンは極細で薄いのよ、ジェイムズ。だから、急速に黒化してる。大雑把に見積もって……数分で追いつくわ。早ければ二分、長くても三分」

ストーンはすばやく暗算した。時速八〇〇キロで降下していれば、最後の八〇キロを踏破するのに要する時間は六分――単純な算術の問題だ。ただし、答えは最悪だった。八〇キロをたった二分で踏破するのに必要な処置とはなにか。

「加速せざるをえないな」とストーンはいった。「簡単なことだ、ニディ。二分で八〇キロ降下する。三分早めればいい」

「それだと音速の二倍になるわよ。たちまち燃えつきてしまう――死んでしまうわ」

「やるしかないんだ、ニディ。やるしかない」

ヴェーダラはストーンの声に覚悟の響きを感じとった。

ほかの人間であれば、思いとどまったかもしれない。ためらっているうちに、手遅れになったかもしれない。だが、モルヒネの効果が急速に薄れていくのを感じながら、すでにニディ・ヴェーダラ博士は、この冷たい方程式のあらゆる変数について計算をすませていた。自分自身の感情という変数も含めてだ。

ぐっとボタンを押しつける。そして、いった。

「しがみついて。しっかりと」

ストーンには答える余裕もなかった。モーターがフル出力で回転しだし、クライマーが即座に下へ向かって猛加速を開始したからだ。

「噴射とジャンプを行なう瞬間がきたら、無線で合図する」ヴェーダラがいった。「準備して。そうとうつらいわよ」

最後のことばがストーンに向けられたものか、自分自身に向けられたものかははっきりしない。ただ、この件に関与した全員が、ストーンが生き延びる可能性は皆無に近いことを知っていた。

金属と金属が激しくこすれあうのが、伝導音として耳でもとらえられるし、振動としてからだでも感じとれる。小刻みに震わされて、骨がかんだかい悲鳴をあげているようだ。がくがくと揺れるプラットフォームの動きにともない、自分の視界も揺れている。

「最大加速——」

ヴェーダラの声はたちまち振動の混沌に呑みこまれた。下への加速によって全身が床格子から浮きあがり、頭に血が集まりだす。大気上層のわずかな空気分子に衝突することで、金属の下部構造も熱を帯びはじめた。がくがくと揺さぶられながらも、ストーンはからだが浮かないように押さえつつ、床格子の上に立ちあがった。短いほうの保持索《テザー》には立てるだけの長さがある。

無限につづく絶壁の上にせりだした、わずかな岩棚の上に立っているも同然の感覚だった。

「五十秒」ヴェーダラがいった。

だが、ストーンにはもう、耳に聞こえる声を認識できない。周囲には炎の暈《かさ》が燃え盛っている。下から上へと逆行する光の滝だ。

数秒ながら、ストーンはそれを美しいと思った。

「友よ、気をつけろ」無線からコマロフの声が警告した。「このままでは黒焦げになっちまう。ここから見えるきみはすでに火の玉だ」

ストーンは新たな振動を感じた。上をふりあおぐと、把持《はじ》ローラー機構が分解しかけている。スピードと摩擦に耐えきれなくなったのだ。顕微鏡サイズの粒子がその表層から剝離し、真上のリボンに接触するたびに小爆発が起こって、炎の条《すじ》が延々と長大な尾を引いていた。

「だいじょうぶ、だいじょうぶだ」

答えたストーンの声は激しいノイズに呑みこまれ、自分でももうほとんど聞きとれない。降下速度は時速一六〇〇キロを超えている。

いまの応答は、ことばとして認識できる最後の通信になるだろう。

この破局的な最終降下のようすは、最大高度で飛行中のB‐150長距離爆撃機三機が、ローアングルでの望遠写真でとらえていた。さらに、一機の高高度偵察機は、ひとつのシュールリアルな光景を撮影していた。白い光を放つ湾曲した糸の周辺に、青みを帯びた炎が円錐形をなして降りそそぐ光景だ。炎の地獄の内側には、かろうじてひとつの人影が見える。逆巻く炎の波濤《はとう》の中、その人影はシルエットとなって立っていた。青い炎の円錐の背景に広がるのは、青と白の湾曲した地平線にたれかかる、冷たい虚空の漆黒だ。

この瞬間、ストーンは宇宙服の中で悲鳴をあげた。もはやこちらからの無線は通じず、その悲鳴はISSに伝わってはいない。だが、たしかに悲鳴をあげた。というのも、たまたま額がバイザーのガラスに触れたからである。ガラスは高熱になっており、ちょっと触れただけで火脹《ひぶく》れが生じた。宇宙服の外被は黒く焦げ、ブーツの底は融けつつある。

「三十秒」ヘルメット内の声がいった。

ストーンの足のまわりで鋼鉄の床格子が赤熱しだし、融けた金属の滴《しずく》が下からの雨のように吹きあげ、流星雨のように目の前を上へ通りすぎていった。うめきながら、歯を食いしばりながら、ストーンは下に手を伸ばし、腰につないだ長いほうの保持索《テザー》を探りあてた。両手でそれをたどっていく。その先は成型炸薬弾の金色のピンにつながっているはずだ。

驚いたことに、成型炸薬弾はまだ床格子の上にあった。

まぶたの裏に白い砂漠の熱砂が見える。女がひとり、そこであおむけに横たわっている。女はひどい怪我をしていた。両の手首から血の微粉がこぼれ落ち、周囲の乾いた砂に〝血だまり〟が広がっている。それは極秘のモノクロ写真で見たイメージだった。記憶にこびりつき、悪夢の核となったイメージだった。

「十五秒」声がいった。「がんばって、ジェイムズ」

炎で黒焦げのグローブをはめた手で、短いほうの保持索《テザー》フックをはずす。これで自分とプラットフォームをつなぐものは、金色のピンに取りつけた長いほうの保持索《テザー》だけとなった。ここで成型炸薬弾を確実に作動させる方式は、核戦略構想においては、〝突発時強行《フェイル・デッドリー》〟として知られる。これは突発事停止《フェイル・セイフ》の対極にある概念だ。なにか突発的な事態が生じたとき、その事態への判断を下す人間がそこにいなければ、フェイル・セイフでは自動的に攻撃が停止される。それに対してフェイル・デッドリーでは、自動的に攻撃が行なわれる。

「そこに……いろよ！」

目をつむり、苦痛で歯を食いしばりながら、ストーンは腰とピンをつなぐ保持索《テザー》を握りしめ、成型炸薬弾に向かって声を張りあげた。周囲から押し包む業火の中、あふれる涙がかたはしから蒸発していく。強烈にまばゆい光輝のもとで、あえて大きく目を見開いた。眼下に見える緑色の広がり——あれは南アメリカ大陸だ。その光景はもはや、なんの論理的な意味ももたらさない。たんなる色彩の渦でしかない。ただしそれは、緑、青緑、茶色が混じりあった、ありえないほど美しい色彩の渦だった。

だからといってその美しさは、文字どおり身を焦がすこの苦痛を軽くしてくれはしない。目を閉じれば、アンドロメダ関連の資料で見た写真がまぶたに浮かぶ。実の母、アリゾナ州の砂漠で死んだ母の姿。〝血だまり〟の血はすべて微粉であり、砂漠の熱風に吹かれ、渦を巻いて立ち昇っている。実母の写真はそれ一枚しかない。母の顔の記憶はそれだけしかない。

ミリ秒単位で時間が経過するにつれ、自分の意識がはだかに剝《む》かれていき、轟音を発する混沌の中へ放りだされるのをおぼえた。砂漠の酷熱が感じられる。それが自分を呑みこみ、竈《かまど》の中のように高熱の息吹に乗せ、自分の血液をいずこかへ運び去ろうとしている——会った記憶のない実母に対し、実父に対し、かつてそうしたように。その暴虐の結果、ストーンは本来育つはずであった世界を失った。送るはずであった人生をまるごと盗まれた。

耳の中に、はるか遠いささやきが聞こえた。おだやかな声——やさしい声だ。自分に向かって語りかけてくるその声を、ストーンは必死になって聞きとろうとした。

「ママ……?」

「いまよ!」とその声はいっていた。「いまよ、いま、いま、いま!」

ひざから力が抜けていく。クライマーの中心側に向きなおり、炎上するプラットフォームからうしろ向きに倒れた。長いほうのテザーがぴんと張り、成型炸薬弾のピンが抜かれるのを感じた。激しい振動とともに、砲弾の先端から白煙が勢いよく噴きだしはじめる。

それから十五秒ほどは、目に見える反応は起こらなかった。

つぎの瞬間、地表からの高さ四八キロ、対流圏よりもはるか上空の一点において、目もくらむ猛炎がほとばしった。状況をつぶさに観測していた者たちにとっては、それは見るもすさまじい光景だった。だが、その少数の者の中に、奔出する炎のはるか下を落下してくる小点を見ていた者はひとりもいなかった。

その小点は人間の形をしていた。

解　決

……われわれは、いま起こっていることを
理解している……
重要なのはそこだ。理解することこそが重要なのだ。

——マイクル・クライトン

エデンの園の外へ

その火光は方位を問わず、半径三百キロのどこからでも見えた。火光がほとばしった場所は、絶えず範囲を広げてきた国際隔離地域の中心にある問題発生源の直上、はるか上空の一点だった。隔離地域を管理していたのは、強制能力のレベルがさまざまに異なった各国の政府機関で、関与していたのは、合衆国、ロシア、中国、ブラジル、ペルー、および赤道上のほぼすべての国家だった。アマゾンの密林の天蓋上に広がる空域には、常時、アメリカ、ロシア、中国の戦闘機隊が哨戒飛行を行なっている。

しかし、当の隔離地域内において、地上ですべてを見とどけた人間は、たったひとりしかいなかった。トゥパンという名の少年である。

クライマーが昇っていったあと、少年は尖塔がある部屋に口をあける、まだ仕上げ途中のせまいトンネルに潜りこみ、かろうじて通りぬけた。トンネルの出口は湖の上に面しており、少年はそこから十メートル下の水面に飛びこんで、湖岸まで泳いだ。付近にはだれもいなかったので、あとはひたすら待った。

待ちながら、ずっと上を見あげていた。

一部始終を目撃した少年の証言によれば、そのとき、大空にかかる銀色の糸が揺れはじめた。そして、その糸にそって黒い点が降ってきた。そのあとから、なにか黒いものが追いかけてくる。上のほうから下へ向かって、銀色の糸はどんどん黒ずみつつあった。そのとき――天にオレンジ色の鮮烈な火光が閃き、そこから白煙が風に吹き流された。火光から上の黒化した糸が、みるみる天に昇っていく。いっぽう、そこから下の銀色の糸は、ゆっくりと、なにかを傷つけることもなく、何キロも何キロも広がる広大な熱帯雨林をめざし、ふんわりと舞いおりてきた。

トゥパンはそのすべてを、畏怖に打たれて見つめていた。

と同時に、直感的に悟った。あの黒い点にだれがいたのかを。

その後、本人が語ったところによると、トゥパンは両手で顔をおおい、声をあげて号泣《ごうきゅう》したという。

むりもない。トゥパンはまだ十歳だ。それなのに、森の中にひとり取り残されている。しかも、たったいま、自分が唯一信頼するようになった余所《よそ》の人間が死ぬところを目撃したのだから。

四分後、トゥパンはふたたび、涙でぼやけた目を天に向けた。赤と白の小さな雲が降ってくるのを目撃したのは、これもまたトゥパンが最初だった。その奇妙な雲は、地上に向かってゆっくりと降ってきた。空中をものうげに旋回しながら降ってきた。

そして、トゥパンは見た。

その雲の下に、ひとりの人間のシルエットがぶらさがっているのを。

その声ははるか遠くから聞こえてくるようだった。

「ジャーメイズ！」

かろうじて聞きとれる程度の、小さな声だ。

ジェイムズ・ストーンははっと目を開き、そこに自分の顔を見た。ヘルメットの内側に、うっすらと自分の顔が映りこんでいる。顔をしかめたのは、額をおおう醜悪な火脹《ひぶく》れに気づいたからだった。ついで、われ知らず、その顔に笑みを浮かべた。映りこんだ自分の顔をすかして、そこに笑み崩れるトゥパンの顔が見えたためである。上下がさかさまになった状態で、トゥパンは自分の顔を覗きこんでいる。

苦痛にうめきながら、ストーンは首に手を伸ばし、黒焦げになったヘルメットを脱ごうとした。トゥパンがすかさず、脱ぐのを手伝ってくれた。ヘルメットが完全にはずれると、地球の空気が顔に触れた。密林の多湿の空気は温かく、すでに懐かしくさえある。まわりには赤と白のパラシュートがしわになって広がっており、それが屍衣《しい》のようだ。パラシュートの周囲には、折れた枝々やちぎれた蔓《つる》も散らばっていた。

ストーンは新鮮な空気を大きく吸いこみ、痛む胸いっぱいにためこんだ。手と足の指を動かしてみる。ちゃんと動く。やっとのことで、肺にためた空気をふうっと吐きだした。ついで目を閉じ、長いあいだ、そのままでいた。

ふと、小さな手が自分の手をとるのを感じた。

「ジャーメイズ」トゥパンがいった。明晰で聡明そうな声だ。

「トゥパン」しわがれた声で、ストーンは答えた。

少年は地にひざをつき、顔を近づけてきて、つかのま、ストーンの額に自分の額をくっつけた。それから、すっくと立ちあがり、空を指さして、自分の言語でなにごとかを早口にまくしたてた。なにがあったのかを告げる最初の説明には、さまざまなしぐさと身ぶり——そして世界じゅうの十歳の子供に共通する、無数の擬音が頻繁に加えられていた。

「トゥパン」そのようすを見て、ふたたびストーンはいった。「また会えて、ほんとうにうれしいよ」


ジェイムズ・ストーンは、それまでの人生を、著名な父親の影に隠れて送ってきた。結婚したこともなければ、子をもうけたこともない。かわりに彼は、家名にかかる高い期待に応えるため、ひたすら研究に打ちこんできた。そして、ワイルドファイア・フィールド・チームに加わったときには、これが日陰で暮らしてきた自分の人生において、最大の冒険になるだろうと思ったものだった。しかしその先には、もっと大いなる冒険が待っていた。

ジェイムズ・ストーン博士とニディ・ヴェーダラ博士の許可を得てつぎに掲げる書類の一部は、いかなる歴史家の説明よりも雄弁にその事実を物語っている。

カリフォルニア州巡回裁判所内
ロサンジェルス郡
家族法課長殿

養子縁組について
対象
トゥパン
（未成年者）

申請番号［削除］

養子縁組申請書
以下に依拠する。公法 21.135(1),(2)(d),
公法109章 公法 109.410(4)

申請者ジェイムズ・ストーンおよびニディ・ヴェーダラ夫妻は、ともに上記未成年者を養子とすることを申請する。条件は以下のとおり……

エピローグ

公式記録では、国際宇宙ステーション《ISS》のきわめてイレギュラーな軌道は、大量の破片群《デブリ》をよけるための緊急回避行動であると同時に、ヴァン・アレン放射線帯に極端な変動が生じた場合に備えての非常訓練も兼ねていたことになっている。

事件の直後、ブラジル国立先住民保護財団（ＦＵＮＡＩ）は、正体不明の支援団体から巨額の寄付金を受けとった。その結果、アマゾンの密林の広大な領域が保護区に指定され、その周辺に部外者の立入を徹底的に排除する緩衝地帯が設けられた。ただし、保護区を調査する目的での、国際的な合同研究団の立入は許可されている。

ピーターソン空軍基地にある北米航空宇宙防衛司令部（ＮＯＲＡＤ）は、国際宇宙ステーションから切り離された二棟の貨物モジュールに対し、地対衛星レーダー・ネットワークを用いて常時監視する態勢を確立した。当初のデータでは、モジュールのペアは合体して未帰還軌道をとっており、推力をかけずとも太陽系から出ていく脱出速度に達していて、双曲線軌道をとりつつ、黄道面にそって進みつづけるものと思われていた。ＩＳＳに搭載の望遠鏡で行なわれた観測によれば――ＩＳＳ自体はこの時点で帰還軌道に乗っている――合体したモジュールは回転軸を固定することなく、めまぐるしく回転しており――完全に制御不能に陥っていた。

　したがって、当初予想されたとおり、合体モジュールは着実に地球から離れつづけ、外宇宙に向けて永遠に飛びつづけるはずだった。

　ところが、ほどなくして、三軸を中心とする回転に衰えが見られるようになった。これは複雑で大量に燃料を消費する〝回転速度減少《デスピン》〟行動によってのみ可能な過程である。その結果、合体モジュールの軌道は太陽系内に還る楕円軌道に変化しだした――あたかも、なにかに誘導されているかのように。燃料を搭載していないため、こうした挙動を説明する唯一の答えは、質量移動行動しかない。内部の質量を再配置することにより、燃料を使わずとも軌道修正は可能となる。合体モジュールはそのような手法をとっているとしか考えられなかった。

　この挙動は、公式には、微小小惑星の集団と衝突した結果、合体モジュール内部に残っていた空気が噴出したためとされた。しかし、非公式には、侵蝕された合体モジュールが自力で航行しだしたことは明らかであると認識されていた。

　可視光では細部が見えない距離に達するまぎわ、光学カメラがとらえた最後の数枚の画像には、ひとつの不定形物体だけしか写っていない。どの画像同士を比較しても、合体モジュールの形は著しく異なっており、その表面には無数の六角形模様が浮かびあがっていた。最後に探知されたデータからは、合体モジュールが変容した塊がそのままの軌道をたどれば、巨大ガス惑星である土星に衝突するものと予想された。

予想どおり、その塊が土星に衝突したとき、なにが起こったかは未知数である。

しかしながら、衝突後まもなく各メディアで取りあげられたさるニュースは、注目に値する。科学雑誌も一般向けメディアも、結論を欠くままに、人々の好奇心をかきたてる、とある奇妙な事象を報道したのである。以下に抜粋するのは、そうした記事のひとつである。

土星表面に回転する六角形構造出現

ソース：欧州宇宙機関（ESA）

二〇年におよんだカッシーニ宇宙ミッションは、驚くべきクライマックスを迎えた。ESAが本日発表したところによれば、科学者たちは、土星の北極を中心に回転する六角形の巨大渦動をとらえたという。

カッシーニ土星探査機は、四〇億USドルの巨費を投じて製造・運用されたものである。最後の観測データを送信した直後、意図的に惑星の大気圏へ突入させられた同探査機がとらえた画像に基づく研究によれば、直径三万二〇〇〇キロにおよぶその巨大気象構造は、土星大気上層の濃密な雲を吹きぬけるジェット気流によって発生し、惑星の自転によって渦巻きつづけていると見られる。

この奇妙な発見について、カッシーニ画像研究チームのデニス・ヴェルラムはいう。

「この六角形は、気象現象の副産物と思われます」

研究者らは、この六角形の渦動が実在することを確認しているが、ひとつ答えの出ていない謎がある。それが拡大をつづけていると見られることだ。


議会での、参加者のすくない某非公開審議会において、科学宇宙技術委員会から呼びだされたのは、第二次アンドロメダ事件の関係者たちだった。ランド・スターン空軍大将は、事件の結果について、ローラ・ペレス下院議員から質問を受けた。大惨事が回避されたいま、現在の焦点は〝常態への復帰〟に移っている。それはおおむね可能であるように思われた。

以下に審議会記録の抜粋を記す。


……

質問：スターン空軍大将、事件の確実な結果を報告してください。脅威は過ぎ去りました。微粒子は良性のもののみになったと考えてよいのですね？

答え：そのように思えます、下院議員閣下。しかし、アンドロメダ因子の最後の進化については理解が進んでおりません。死亡した科学者の研究記録はある程度回収しましたが——。

質問：科学者というよりも、テロリストでしょう。その点ははっきりさせておかなくてはいけません。貴官と貴官のチームは、生物兵器を用いたテロリストの攻撃を未然に防いだのです。その点で、当委員会は貴官の功績を高く評価し、殉死《じゅんし》したワイルドファイア・フィールド・チームのメンバーに勲章を追叙するものです。もちろん、公にはできませんが。空中にただよう微粒子が無害なものであると確認されたいま……万事丸く収まったものと当委員会は見ています。

答え：ご高配に感謝します。しかし、事件はまだ終わってはおりません。

質問：どういうことでしょうか。

答え：無線信号の件が残っています。

質問：スターン空軍大将、貴官は当委員会に対し、人類が現在、土星からの信号を受信していると公式に発言するのですか？　まさか、緑のこびと《うちゅうじん》からの信号ですか？

［室内に笑い声］

答え：ちがいます、閣下《マム》。わたしがいおうとしているのは、断じてそういうことではありません。

［スターンは立ちあがり、委員会の全員に語りかけた］

答え：わたしがいおうとしているのは、土星上にまったく新しい構造物が形成されているということです。それは例の微粒子と同じく、六角形をしています。そして、ただでさえ巨大であるというのに、いまなお巨大化しつつあります。そして、そう、おっしゃるとおりです、淑女ならびに紳士各位。たしかにそれは無線信号を発信していると見られます。ただし、い、い、い、い、い、い、い、いいわれわれに向けてではありません。

謝辞

マイクルがその輝かしい才知により、革新的な長篇小説『アンドロメダ病原体』をものして、今年で五十年――むかしからの熱心なクライトン・ファンであるダニエル・H・ウィルソンの手により、こうしていま、同作を発展昇華させた続篇『アンドロメダ病原体―変異―』が上梓《じょうし》され、ふたたび世の脚光を浴びることに対して、わたしは大いなる興奮を禁じえない。本書はマイクルの宇宙への礼讃であり、はじめて彼の世界に触れる人たちへの入口でもある。

この驚異的な旅においては、多くの方たちから協力を得た。ローラン・ブーズロー、アーネスト・クラインを筆頭に、ハーパー社の優秀なチーム、ジョナサン・バーナム、ジェニファー・バース、サラ・リード、ルーシー・アルバネーゼ、ジョン・ジュシノ、リア・ワシレウスキ、ケイティー・オキャラハン、ティナ・アンドレアディス、レスリー・コーエン、および同社の広報・マーケティング・グループ。彼ら全員に対してお礼を申しあげたい。また、ウィリアム・モリス・エンデヴァー・エンターテインメントのエージェントたち、ジェニファー・ルドルフ・ウォルシュ、ジェイ・マンデル、キンバリー・ビアレクにも感謝を捧げる。そして、ウィル・シュテーレ、ジェニファー・フィッシャー、フィルモグラフ、ハーパーコリンズ・オーストラリアおよび同UKの各チーム、マイクル・S・シャーマン、ミーガン・ベイリー、ローリー・ライス、ローリー・フォックス、マイクルの熱心なファンたちにも。とりわけ、みごとなストーリーテリングと共作精神で本書を執筆してくれたダニエル・H・ウィルソンには深甚《しんじん》の謝意を捧げたい。

最後に、マイクルの長女テイラーと、マイクルとわたしの息子、ジョン・マイクルに対しても、クライトンの遺産をこれからも長く語り継ぐ共通ミッションにおいて示してくれた、その愛情、支援、励ましを多とし、特段の謝意を捧げるものである。

——シェリー・クライトン

訳者付記

本書の翻訳にあたっては、菊池誠、沢田健、村上和久、森田・フェルナンド・悠仁、エドワード・リプセットの各氏に、それぞれ科学、医学、軍事、ポルトガル語、英語について、懇切なご教示を賜りました。この場を借りて厚くお礼申し上げます。なお、疑問点は部分的にピックアップしてご教示を仰いだもので、内容にあやまちがあった場合、責任はすべて訳者にあります。

解説――来たるべき野火《ワイルドファイア》を生き延びるには

幹細胞生物学者・科学技術社会論研究者
八代嘉美

本書『アンドロメダ病原体―変異―』（以下『変異』）がアメリカで出版されたのは二〇一九年の十一月。まだ誰もCOVID-19を認知していなかった頃である。だが、日本でこの本が出版されるのは、半年後の二〇二〇年五月。つまり、あなたがこの本を手にしている今は、COVID-19の災禍の真っ最中、幸運であればそのあとということになる。そんな中で、タイトルから想像した読後感とは少し異なるものになったかもしれない。その一ページを開く前にあなたが想像したできごとは、まるで起こらなかったかもしれない。しかしこの本は、あなたが生きるこの時代について、もっと深刻なことをつきつけている。

アメリカで『変異』が出版された二〇一九年は、ハーバードメディカルスクールを卒業した医師だったマイクル・クライトンが医学博士号を取得し、そして彼の声望を確かなものとした『アンドロメダ病原体』（浅倉久志訳、ハヤカワ文庫）（以下『病原体』）が出版された一九六九年から五〇周年となる年であった。『病原体』は一九七一年に映画化され（日本版タイトル『アンドロメダ…』)、また二〇〇八年には『アンドロメダ・ストレイン』としてドラマ化もされている。本書は『病原体』の五〇周年に出版され、そして巻末の謝辞にある通り、クライトンの家族が認める公式の続篇である。

前作『病原体』は冷戦下の米ソ対立の中からうまれたものであった。全く新しい生物兵器開発のために人工衛星によって地球外から回収された性状不明の微粒子が、偶発的に外気に暴露したことをきっかけに人類に感染してしまう。極めて致死率が高いその微粒子感染の爆発的な流行と、それによる人類の危機を食い止めようとする科学者たちの戦いを描いた作品だ。クライトンが医師であったというバックグラウンドを反映し、その当時のライフサイエンスの技術や知識が詰め込まれ、要所要所に公式の文書や論文、回収された音声やカルテデータを引用した形式を用いた物語は、ノンフィクションが持つ高い緊張感を備えた作品であった。

そんなクライトンの遺産を引き継いだのは、ダニエル・H・ウィルソンだった。ウィルソンは日本での邦訳は一冊しかないが、アメリカではテレビ司会者やドキュメンタリー番組のストーリーテラーを担当するなどのほか、プログレッシブロックの五大バンドの一つである、エマーソン・レイク&パーマーの名曲「Karn Evil 9(悪の教典#9)」から着想を得たハリウッド映画の脚本を担当することが報じられるなど、セレブリティを獲得した著者である。

彼の唯一の邦訳はニューヨーク・タイムズのベストセラーリストに掲載され、またハリウッドでの映画化リストに名を連ねたことでも有名となった『ロボポカリプス』(鎌田三平訳、角川書店)である。『ロボポカリプス』は暴走した人工知能がロボットを有機物と融合させ、エレベータや家電、車といった日常的に人間と接点の多い電脳化されたホームエレクトロニクスにウイルスを侵入させることで人間への反乱を企てる、という筋書きだ。この作品はウィルソンの経歴と非常に強くリンクした作品ということができる。

ウィルソンは人工知能研究で有名なカーネギーメロン大学でロボット工学の修士号と、機械学習の修士号と博士号を取得している。とりわけ重要なのは、彼の博士論文は〝Assistive Intelligent Environments for Automatic Health Monitoring（インテリジェント環境の支援による自動ヘルスモニタリング）〟と題されたもので、家庭内におけるホームセキュリティや家電のスイッチ、スマートフォンといったインターフェイスを介して行動パターンやバイタルサインを入手し、健康の維持・増進をはかるというものであったからだ。このほか、ゼロックスやインテルの研究所でのインターンを経験するなど、人工知能・ロボティクス環境の最前線を経験した人間であった。

彼の経歴が及ぼした作品への影響は、ロボポカリプスのみではなく、デビュー著作となった *How to Survive a Robot Uprising: Tips on Defending Yourself Against the Coming Rebellion*（ロボットの蜂起を生き延びるには――あなたが来たるべき反乱を生き延びる秘訣）や、ロマノフ王朝におけるロボット創生から連なる物語である *The Clockwork Dynasty*（時計じかけの王朝）などにも色濃く現れている。

これまでに彼が描いてきたロボット・人工知能のような無機的な「モノ」を中心とした作品群からすると、バイオホラー、バイオミステリ色の強かった『病原体』の続篇を担当することに意外な印象をもたれるかもしれない。しかし、今日のわたしたちが、「モノ」から不可分でいることができるだろうか。フランスの人類学・科学社会学者ラトゥールは、近代の科学は、「モノ」と「単なるモノではないもの＝人間」と切り離し、純化することによって発展をしてきたという。純化とは、言うなれば社会を「自然・モノ・客体」と「社会・人間・主体」のふたつに分離することで現象を客体化し、言語や数式をもちいて記述することを可能としたとするものだ。その上で、この世界の現象は「自然・モノ・客体」と「科学・人間・主体」の二項対立に回収されないものであり、こうした二項対立こそが「近代」という概念装置によって覆いかくされてきたまやかしであり、純化されたもの同士のハイブリッドを生み出しつづけてきたとする。

そんな「モノ」と「人間」の境界に立つ存在として、言うまでもなく「サイボーグ」をあげることができるだろう。ノーバート・ウィーナーが生物と機械の間での情報交換の可能性を論じ、その発展形としてネイサン・クラインとマンフレッド・クラインズが提唱した、肉体に埋め込まれたマシンに、運動機能から内臓の代謝機能までを自己制御させ器官の代替をさせようとした概念を指す。

実は、ウィルソンには、そうした概念を中心に据えた *Amped*（増幅）という作品がある。てんかんや自閉症といった神経疾患に、インプラントが機械的に介入することができる時代が舞台となっている。移植を受けた患者は症状が緩和されるのみならず、かえって未介入の健常人より能力が増幅されてしまい、治療をうけた者が「アンプ」として迫害されることが法的にも正当化される……というものである。

すでに『変異』を読了された方であれば、*Amped* での彼の問題意識が、本書でも反復していることがわかるだろう。病気を治療する技術は正しいことである、それに異論を挟む人は多くはない。そして、能力を人為的に高めようとする介入については、否定的に考える人も多いはずだ。だが、「能力を高める」こととはどこまでの範囲を指しているのか。その範囲を誰が決めるのか。かんたんに答えをだすことができるものではない。すなわち、「わたしたちはどこまでやっていいのか？」ということだ。

ウィルソンはすでに、自らのスペシャリティである人工知能やロボット技術と人間との関係を描いた作品を通じて、人間とはなにか、ということに深い考察を加えてきた。『変異』でも、舞台となったアマゾンでドローンによる地形観測や人工知能による言語学習と通訳機能を駆使する描写をはさみ、その様子を活写した。ラトゥールは、ハイブリッドを私たちの世界を無理やり二つに引き裂いたことによる「不自然」ないびつな状態としたが、私たちはさまざまなモバイルデバイスと不可分であり、ビッグデータを使い使われる日常を生きており、「ハイブリッド」としての生から逃げることはできない。それはブラジルのアマゾンでも、遠く離れた宇宙空間でも同様だ。それが私たちの「自然」であり、ウィルソンこそがクライトンが描いてきたバイオミステリ的世界に、今日的な息吹を吹き込むために最適な人材だったのである。

『変異』をつうじて浮かび上がってくることはもう一つある。科学はつねに全てに正しい答えを与えてくれるわけではない、ということだ。科学はつねに未知の部分を包んでいる。アメリカの核物理学者、アルヴィン・ワインバーグは、一九七二年に発表した論文の中で、科学技術と社会との間に新たな関係が生まれていることを指摘し、「トランス・サイエンス」と名付けている。原子力発電所の多重防護の安全監視システムについて、すべてが同時に故障する確率はきわめて低いということには、科学者の見解は一致する。しかし、「きわめて低い確率」を、科学的な見地から「事故は起こりえない」と言っていいのか。それとも、低い確率とはいえ、実際に事故が起きれば凄まじい被害が生じるのだから、そこは「事故は起こりうる」と想定し、対応策を考えるべきなのかというリスク評価の点においては、科学者の間でも合意は成立しない。この判断は、科学の論理では解けない、答えが出せないものであり、科学の領域を超えてしまう。つまり「トランス」なのである、と。

これはエネルギー問題だけではない。二〇一八年、中国・南方科技大学で実施されたヒト胚へのゲノム編集と、その胚が新生児として生まれた、というニュースを記憶している方も多いだろう。研究を主導した賀建奎（ハー・ジェンクイ）はＨＩＶキャリアの出産時に垂直感染を防ぐ予防的な行為であったと主張している。もちろん表向きの理由かもしれない。そもそもこの主張はもっと安全な手法によって新生児はＨＩＶ感染することなく生まれることが知られているため、まともには取り合われてはいない。だが、ゲノム編集によって先天的な疾患を防ぐことができるようになったら、それは許されないことだろうか。

また、COVID-19以前に大きく注目された強毒性の鳥インフルエンザＡ（H5N1）に関して、遺伝子の変異が哺乳類への感染性を獲得させることを突き止めた論文を公表しようとする研究者が、アメリカ政府から論文内容の一部削除を求められるということがあった。研究者としては科学の進歩と公益のための論文の公表であっただろう。しかし、悪意をもって論文を眺めれば、バイオテロという形で知識を利用することもできる。感染爆発の抑制とバイオテロの脅威、どちらをえらぶべきだろうか。

人工知能やビッグデータの活用についても同様である。いま眼前で展開するCOVID-19の最前線では、ウイルスのゲノム変異の解析や、被覆タンパク質の構造解析などこれまでにないスピードで治療のターゲットの探索が行われている。また、感染を防ぐための疫学的な判断については、スマートフォンのＧＰＳ機能が大きな役割を果たしている。だが、プライバシーの保護や情報の利活用の範囲といった法的・倫理的な課題の公正性を、何が保証するのだろうか。

かつてアンドロメダから送り込まれた微粒子は、科学者たち、軍人たちの奮闘によって人々が知ることなくその幕を閉じた。そこには「普通の人」は哀れな犠牲者としてしか存在しなかった。しかし、ウィルソンが新たに描き出した新たな危機は、いったいなぜ、どうしておこったのかを振り返ってみてほしい。そして、その危機を救ったのは、いったい何だっただろうか？　危機の結果を「普通の人」びとが知らずに過ごすことは、おそらくもう不可能であろう。

COVID-19の問題を見ても、政治・経済の話を抜きにして、科学のみで事態を語ることは不可能だったことは、すでにご存知の通りだろう。なにより、未知の出来事に関して、科学は完全なものではない。検査には限界があり、医療は対症療法しか提供できない。

方法論の限界は、科学の進展によって拡張することはできる。だが、「拡張中の科学」には限界があることを理解せずに語ることは社会に危機をもたらすのだ。

わたしたちはこれまでもこれからも、これからはいっそう「モノ」とともに生きなければならない。だがこれまでと異なるのは、科学をおまかせにしておけばよい時代ではない、ということである。大きな科学の進展は、わたしたちが気づかなければ、そしてハンドリングを過てば、恵みだけでなく遥かに大きな厄災を作り出しかねない世界にいることを自覚しなければならない。科学は人々を救う。しかし、科学だけでは救えないことをウィルソンは語っているのだ。

あなたは、何を選びますか？　あなたは、誰と歩みますか？　あなたは、どう生き残りますか？

参考文献

下に掲げたのは、本書の背景を形づくっている公開文書、論文、参考書の選択目録である。

第０日

1. Crichton, Michael. *The Andromeda Strain.* New York: A. A. Knopf, 1969. Print.
2. Cuvington, P. "Civilizational Self-Destruction: A Self-Fulfilling Prophecy." *Journal of Anthropological Philosophy* 11, no. 4 (2007): 81–89.
3. Diaz, K., et al. "Unmanned Aerial Mass Spectrometry for Sampling of Volcanic Plumes." *Journal of the American Society for Mass Spectrometry* 24, no. 2 (2015): 210–26.
4. Herbert, N., R. Dejong, and J. Qin. "Marvin: A Vision-Based Rapid Aerial Terrain Mapping Algorithm." *GIScience & Remote Sensing* 38, no. 1 (2013): 26–51.
5. Holland, R. J., and B. Moore. "A Practical Experience of the Law of Large Numbers." *Proceedings of the National Academy of Sciences of the United States of America* 31, no. 2 (1947): 25.
6. Jax, Renaldo, and Martin C. Williams. *Automated Logistics and Decision Analysis* (*ALDA*). No. TR-87. MIT Operations Research Center, 1973.
7. LeBlanc, Jerry. "The Strain of Michael Crichton." *Southwest Scene*, May 1971, 18–23.
8. Lee, R. S., B. Waldinger, W. Dorn, and U. Mitchell. "Ultra-Wideband Synthetic-Aperture Radar Interferometry." *Computer Graphics and Image Processing* 14, no. 1 (1998): 22–30.
9. McCallum, B. "Geo-Printing: Using Ultra High-Resolution Optical Imaging to 3-D-Print Highly Accurate Terrain Models." *Journal of Geoscience Education* 42, no. 1 (2014): 156–78.
10. Pavard, F. "Intergenerational Discounting and Inherited Inequity." In *Proceedings of the Eleventh International Conference on Social Economics*, 226–32. San Francisco: Morgan Kaufmann, 1982.
11. Singh, A. L., R. Bishop, and A. Nilsson. "Tactile Spatial Acuity: Discrimination Thresholds of the Human Lip, Tongue, and Fingers." *Journal of Neuroscience.* 11, no. 8 (2016): 7014–37.

第1日

1. Wise, Robert, dir. *The Andromeda Strain,* featuring the documentaries "The Andromeda Strain: Making the Film" and "Portrait of Michael Crichton." Universal City, CA: Universal Pictures Home Entertainment, 2000. DVD.
2. Chaloner, J. B. "Forensic Analysis of Skylab Initial Ascent: What Went Wrong." In *Proceedings of the Tenth Lunar and Planetary Science Conference,* 143–57. Houston: Holt, Rinehart & Winston, 1979.
3. Heitjan, U., et al. "Classifying Emotions using FCM and FKM." *International Journal of Computers and Communications* 1, no. 2 (2007): 21–25.
4. Koza, D. E., M. Teller, and T. Wright. "Hall Thrusters for High-Power Solar Electric Propulsion." *Physics of Plasmas* 8, no. 5 (2001): 2347–54.
5. Kroupa, B. and V. Williams. *ISS Cupola Window TCS Analysis and Design.* SAE Technical Paper No. 1999–01–2003, 1999.
6. Liu, Bo, and P. Etzioni. "Adaptive Super-Resolution Imaging via Stochastic Optical Reconstruction." *Science 222,* no. 4853 (2010): 610–13.
7. Puri, M., A. Goldenberg, and N. Serban. "Advances in Treatment of Juvenile Amyotrophic Lateral Sclerosis: A Review." *Acta neuropathologica* 104, no. 3 (2012): 359–72.
8. Smith, S. "Emergency Debris Avoidance Strategies." *AIP Conference Proceedings* 595, no. 1 (2001): 480–92.
9. Stender, K., and T. Reddy. "The Mental Prosthesis: Assessing Juvenile Adoption Success of the Kinetics-V Brain-Computer Interface." *IEEE Transactions on Rehabilitation Engineering* 8, no. 2 (2000): 144–49.
10. Vedala, Nidhi, et al. "Demonstration of a Metamaterial with Zero Optical Backscatter." *Nano Letters* 11, no. 4 (2017): 1606–9.

第2日

1. Bramose, R. O., et al. "Robonaut: NASA's Humanoid Telepresence Platform." *IEEE Intelligent Systems and Their Applications* 14, no. 5 (2000): 47–53.
2. Odhiambo, H. *An Introduction to Modern Xenogeology.* Cambridge, England: Cambridge University Press, 2014.
3. Rezek, John, and David Sheff. "Playboy Interview: Michael Crichton." *Playboy Magazine,* January 1999, 73–75.
4. Stone, J. "CANARY: Towards Autonomous, Self-Charging MAV Swarms for Environment Mapping over Extended Loiter Times." *Journal of Intelligent &*

Robotic Systems 51, no. 1 (2016): 329–43.
5. Taplin, John. *Robber Barons of the Jungle: A History of the Amazon Rubber Boom.* New York: New York University Press, 2010.

第３日

1. Besag, Ixna. “Traditional Mythology of Amazonia: Tupi-Guarani Family Lore.” *Ethnohistory* 37, no. 2 (1998): 299–322.
2. Dawid, Stephan. “Gesture-Enhanced Universal Language Translator System.” US Patent Application No. 11/342, 482.
3. Heitjan, W., et al. “A Bioactive Paper Sensor for Discriminative Detection of Neurotoxins.” *Analytical Chemistry* 71, no. 13 (2009): 5272–83.
4. Novick, S., and R. Lindley. “An Oral History of Traditional Medicines in the Javari Valley River Basin.” *Fitoterapia* 60, no. 2 (1999): 124–29.
5. Odhiambo, H. “Adaptive Cancellation of Rhythmic Vibration across Distributed Seismic Data.” *Geophysics* 46, no. 10 (2013): 1577–90.
6. Pole, Christopher. “Flight Testing of the F/A-18 E/F Multirole Fighter Aircraft Variants.” *Proceedings of the IEEE* 7; no. 19 (2001): 198–204.

第４日

1. Harville, D. “Parallel Microhydroelectric Power Generation in Off-Grid Environments.” *Power Technology and Engineering* (formerly *Hydrotechnical Construction*) 17, no. 10 (2013): 495–99.
2. Lonchev, M. “Pillion: An Image-Based Architecture for General Intelligence.” *Artificial Intelligence* 44, no. 1 (2017): 1–64.
3. Long, A. C. “Assessing Intuition: Exposing the Impact of Gut Feelings.” *Human Relations* 54, no. 1 (2011): 67–96.
4. Pittman, Rachel. “Delay of Gratification and Anticipatory Focus: Behavioral and Neural Correlates.” *Proceedings of the National Academy of Sciences* 112, no. 16 (2011): 13288–300.

第５日

1. Diehl, Digby. “Man on the Move/Michael Crichton.” *Signature Magazine,* February 1978, 36–37.
2. Drayson, V. L. “Does Man Have a Future?” *Tech. Rev.* 119: 1–13.
3. Tsiolkovsky, Konstantin. *Dreams of Earth and Sky.* Moscow, 1895.

訳者略歴　1956年生，1980年早稲田大学政治経済学部卒，英米文学翻訳家　訳書『七王国の騎士』ジョージ・R・R・マーティン，〈ハイペリオン四部作〉ダン・シモンズ，『ジュラシック・パーク』マイクル・クライトン（以上早川書房刊）他多数

アンドロメダ病原体《びょうげんたい》—変異《へんい》—〔下〕

2020年5月20日　初版印刷
2020年5月25日　初版発行

著　者　マイクル・クライトン
　　　　ダニエル・H・ウィルソン
訳　者　酒《さか》井《い》　昭《あき》伸《のぶ》
発行者　早　川　浩

発行所　株式会社　早川書房
東京都千代田区神田多町2－2
電話　03-3252-3111
振替　00160-3-47799
https://www.hayakawa-online.co.jp

印刷所　三松堂株式会社
製本所　大口製本印刷株式会社

定価はカバーに表示してあります
ISBN 978-4-15-209937-2 C0097
Printed and bound in Japan
乱丁・落丁本は小社制作部宛お送り下さい。
送料小社負担にてお取りかえいたします。